CW00709021

FOLIOTHÈQUE

Collection dirigée par
Bruno Vercier
Maître de conférences
à l'Université de
la Sorbonne Nouvelle – Paris III

Marcel Proust

Un amour de Swann

par Thierry Laget

Thierry Laget

présente

Un amour

de Swann

de Marcel Proust

Gallimard

Thierry Laget a collaboré à l'édition du tome II de *À la recherche du temps perdu* de Marcel Proust dans la « Bibliothèque de la Pléiade ». Il a également établi l'édition critique de *Le Côté de Guermantes* de Marcel Proust (« Folio », n° 2005 et n° 2006).

Le dossier iconographique a été réalisé par Nicole Bonnetain.

SIGLES
ET ABRÉVIATIONS UTILISÉS

AS   *Un amour de Swann*, 1954.

Corr.   *Correspondance*, édition de Philip Kolb, Plon,
         1970-1990, 18 volumes parus

RTP   *À la recherche du temps perdu*, édition publiée
         sous la direction de Jean-Yves Tadié, Galli-
         mard, « Bibliothèque de la Pléiade », 1987-1989,
         4 volumes.

I "LE CADRE ÉTROIT D'UNE PORTE ENTROUVERTE"

EST-CE UN ROMAN ?

« Un amour de Swann » n'est pas un roman, mais un fragment, un épisode détaché, la deuxième partie d'un volume (*Du côté de chez Swann*) qui n'est lui-même que la première partie d'un roman (*À la recherche du temps perdu*). Ces subdivisions ne sont pas de simples commodités. Elles représentent, au contraire, l'une des clefs introduisant à l'œuvre de Proust, qui s'est édifiée autour de ces grands ensembles, qui a développé tel chapitre pour équilibrer, pour expliquer, pour préparer tel autre. « Un amour de Swann » prépare tout, et explique tout. À condition d'avoir tout lu.

Mais, pour celui qui s'arrête à cette première halte sans savoir s'il continuera sa route, il faut répéter que jamais Proust ne songea qu'« Un amour de Swann » constituait un roman à part entière. C'est pourquoi nous préférerons le terme de « récit », moins compromettant, et c'est pourquoi nous écrirons le titre en caractères romains et entre guillemets, même si, dans sa correspondance, Proust, qui ignorait les usages typographiques, a parfois eu recours à l'italique. En réalité, jamais, de son vivant, ce texte ne fut publié indépendamment de *Du côté de chez Swann*. Non pas qu'il s'y fût formellement opposé ; Proust n'avait pas, pour son œuvre, le fétichisme ou l'intransigeance dont feront montre certains de ses lecteurs, et il n'hésita pas à remanier et à publier en volume certains extraits de la *Recherche*, qui n'avaient pas l'unité d'« Un amour de Swann », mais qu'il présenta néanmoins comme des « romans inédits et complets », ce qui était pour le moins une déclaration spécieuse, et au plus une escroquerie. Ainsi, en novembre 1921, un extrait de *Sodome et Gomorrhe*, intitulé *Jalousie*, paraissait dans « Les œuvres libres », collection de la librairie Arthème Fayard. Proust faisait ainsi une entorse à un contrat qui le liait à la NRF. Gaston Gallimard, gérant de cette maison, en conçut quelque amertume, mais Proust était prêt à récidiver en 1922, avec un extrait de *La Prisonnière* : la mort l'empêcha de réaliser ce projet, comme beaucoup d'autres.

Il faut attendre 1930 pour qu'une édition séparée d'« Un amour de Swann » soit publiée par Gallimard, accompagnée d'eaux-fortes de Laprade. L'alibi bibliographique servira d'ailleurs longtemps aux éditeurs d'« Un amour de Swann ». Le cuir des reliures, les grands papiers, la typographie élégante viennent conférer une légitimité à une entreprise qui en manque un peu trop. Les artistes apportent leur caution. Dunoyer de Segonzac en 1950, Hermine David en 1953, André Brasilier en 1987 seront tentés par l'illustration du récit, et lui adjoindront, dans des livres précieux, lithographies et aquarelles.

Veut-on lire Proust à la radio ? Veut-on adapter son œuvre pour le cinéma ? C'est « Un amour de Swann » que l'on choisit [1].

1. Un film de Volker Schlöndorff en 1984 (voir la Bi-

Marcel Proust photographié dans le jardin de Reynaldo Hahn, 1905. Photographie anonyme. Coll. part. Ph. © Edimédia.

« Je vous mets simplement en garde contre les photographies, qui sont presque toutes d'une époque bien antérieure à celle où naquit vraiment Proust l'écrivain, et qui donnent de lui une image beaucoup trop mièvre. Il y avait dans sa figure quelque chose de beaucoup plus net et accusé, en même temps que dans son regard une flamme beaucoup plus chaude et lumineuse qu'on ne l'imaginerait d'après ces portraits de jeunesse. » Jacques Rivière, 1924.

bliographie). Suso Cecchi d'Amico et Luchino Visconti avaient cependant écrit un beau scénario s'inspirant principalement de *Sodome et Gomorrhe*, mais qui ne fut jamais tourné.

Plusieurs raisons semblent autoriser ces manipulations et permettre de détacher le récit de l'ensemble du roman. Ce sont des pointillés ; suivons-les.

Du côté de chez Swann – et toute la *Recherche* – est un roman écrit à la première personne ; « Un amour de Swann » a les apparences d'un récit à la troisième personne. Les événements racontés dans *Du côté de chez Swann* ont été vécus par le Narrateur, ou lui sont contemporains ; ceux évoqués dans « Un amour de Swann » se sont déroulés avant sa naissance, et lui ont été rapportés par des tiers. Proust lui-même, en présentant à ses amis le premier volume de son œuvre, insistait, avec l'humilité de rigueur, sur l'importance de ce deuxième chapitre, plus accessible, moins déroutant pour un lecteur novice.

Ainsi, à Eugène Fasquelle, qui aurait pu être l'éditeur de la *Recherche*, Proust écrivait : « Ce premier volume plein de préparation, sorte d'ouverture poétique, est infiniment moins "*public*" (sauf la partie appelée *Un amour de Swann* sur laquelle j'appelle votre attention) que ne sera le second [1]. » À Gaston Calmette, directeur du *Figaro* et dédicataire de *Du côté de chez Swann*, il répétait : « Je crois que la deuxième partie (*Un amour de Swann*) est celle qui vous ennuiera le moins [2]. » Et, à la comtesse de Noailles, poète que l'on égalait alors à Victor Hugo, il précisait : « Si vous pouvez me lire, cela me fera bien plaisir, surtout toute la seconde partie du chapitre appelé : *Un amour de Swann.* » Il faut dire qu'il s'empressait d'ajouter : « Mais vraiment

1. Lettre du 28 octobre 1912, *Corr.*, t. XI, p. 257.

2. Lettre du 12 novembre 1913, *Corr.*, t. XII, p. 309.

1. Lettre de la mi-novembre 1913, *Corr.*, t. XII, p. 336.

séparé des autres volumes cela n'a pas grand sens [1]. »

« Un amour de Swann » peut donc passer pour un morceau plus « facile » que l'œuvre dans laquelle il est enchâssé. Mais, si Proust a eu conscience de cette particularité et s'il s'en est servi, après coup, afin de « séduire » des lecteurs que le reste du roman aurait effarouchés, il n'est pas sûr qu'il ait conçu son récit dans ce dessein, comme un texte « racoleur ». Cette façon de flatter le public n'était pas dans ses habitudes – on le lui reprochera –, et il est peu probable qu'une œuvre créée dans un seul mouvement, comme un tout organisé et dogmatique, ait ménagé de la place pour de la réclame ou de la propagande.

Il n'est pas plus sûr – même si l'idée est séduisante – qu'il ait écrit « Un amour de Swann », selon la formule de Ramon Fernandez, comme un « dramaturge romantique qui eût glissé dans son drame un acte racinien afin de prouver ce dont il eût, s'il l'avait voulu, été capable [2] ».

2. Voir Dossier, p. 154.

L'intrigue est, en effet, détruite avant le début : les lecteurs attentifs de « Combray », première partie de *Du côté de chez Swann*, ont deviné le dénouement du récit ; ils savent que Swann a fini par se marier, qu'il n'aime plus Odette, qu'il a cessé de souffrir. Si le suspens, élément capital du roman traditionnel, est absent d'« Un amour de Swann », c'est que l'intérêt est ailleurs, là où les premiers critiques ne l'attendaient pas et où ils ne l'ont pas toujours vu.

Cette « ouverture poétique » de la *Recherche du temps perdu* qu'est *Du côté de chez Swann* est plutôt construite comme une ouverture wagnérienne : elle comporte l'exposition de la plupart des leitmotive qui seront développés dans les actes suivants. On peut lire, on peut goûter « Un amour de Swann » indépendamment de toute la *Recherche* ; on ne peut le comprendre si l'on néglige *Du côté de chez Swann*, *La Prisonnière* ou *Le Temps retrouvé*.

CLASSICISME ET MODERNITÉ.

Classique, « Un amour de Swann » pourrait l'être s'il se contentait d'être un essai de psychologie amoureuse, une sorte de *Princesse de Clèves* ou d'*Adolphe*, un texte élégant, mesuré, sec, dans la tradition française. Mais ses modèles – ou ses repoussoirs – sont moins dans Madame de La Fayette ou Benjamin Constant que dans Anatole France ou Paul Bourget. Ce sont eux, alors, les maîtres du roman, eux à qui un auteur débutant doit se mesurer, eux qu'il doit faire oublier.

À la narration plaquée sur une psychologie mécanique, à la peinture cynique du snobisme que pratiquait Bourget, Proust oppose sa vision émerveillée de la mondanité et sa psychologie dans le temps qui ne découle pas d'une théorie préétablie mais en fonde une nouvelle. Au style intelligent, presque frigide (et cependant capable des pires afféteries sensualistes et « fin de siècle ») d'Anatole France, il oppose la métaphore et la coloration de la phrase. « Nous refusons le principe même du "canon", écrit-il en 1920, qui signifierait l'indépendance d'un style unique à l'égard d'une pensée multiforme [1]. » Bref, ce que Proust souhaite introduire dans ses livres, c'est la liberté.

Mais les éléments novateurs peuvent passer inaperçus dans le récit de Proust, car ils sont intégrés dans une structure, dans un type de récit classiques. Le thème de la jalousie, par exemple, n'est pas neuf. Il a sa dérision – Beaumarchais, *Le Barbier de Séville* –, et sa noblesse – Shakespeare, *Othello*. Mais sa peinture, son traitement, son analyse sont poussés dans « Un amour de Swann » jusqu'à un point qu'on croira insurpassable, et qui sera pourtant surpassé dans *La Prisonnière*. Proust s'intéresse à la découverte de nouvelles lois. Son Swann n'a pas besoin d'un mouchoir pour s'imaginer que Desdémone le trompe ; à la fois Othello et Iago, il distille lui-même le poison qui le ronge.

Le personnage de la courtisane – ou sa sœur, la cocotte, ou sa cousine, la putain – n'est guère plus original. Il est de tous les temps, mais le XIXᵉ siècle l'a illustré mieux qu'un autre. C'est Hugo, avec *Marion Delorme*, Balzac, avec *Splendeurs et misères des courtisanes*, Dumas fils avec *La Dame aux camélias*, Zola, avec *Nana*. Mais c'est aussi et encore Anatole France, avec *Thaïs*, et Paul Bourget, avec *Gladys Harvey*, dont le modèle, Laure Hayman, sera aussi – bien que Proust l'ait nié – l'un de ceux d'Odette de Crécy. Face à cet héritage, la tentation doit être forte, comme Racine opposant sa *Bérénice* au *Tite et Bérénice* de Corneille, comme Picasso peignant sa version du *Déjeuner sur l'herbe* de Manet, de reprendre une histoire connue pour montrer que l'anecdote compte moins que son traitement ou que la vision personnelle de l'auteur. C'est l'esthétique de l'*imitation*, qui régna jusqu'à la fin du XVIIᵉ siècle, qui donna tant de *Phèdre*, tant d'*Amphitryon*, tant de *Conversations sacrées*, et qui s'effaça devant le triomphe de l'innovation obligatoire, de l'originalité forcenée, de l'inouï, du jamais vu, de la surprise.

Au reste, l'anecdote elle-même ne se reproduit pas : Nana n'aurait jamais épousé Swann ; Marguerite Gautier l'aurait entretenu. Entre l'héroïne de Zola et celle de Dumas fils, entre ces deux extrêmes, il n'y a rien, il n'y a surtout pas « Un amour de Swann ». D'un côté, le vice puni, la chute, la damnation ; de l'autre, le vice abjuré, l'amour, la rédemption. Or, Proust se soucie peu de ces questions. Il ne parle pas en termes de morale, sociale ou religieuse, il décrit. Il a fait sienne la devise de Stendhal : « Je ne blâme ni n'approuve, j'observe. »

SWANN OU LE NARRATEUR : QUI PARLE ?

De même qu'« Un amour de Swann » annonce la suite de la *Recherche*, « Un amour de Swann » est annoncé par « Combray ». La première allusion à cet épisode est en effet liée à l'angoisse du Narrateur qui, enfant, redoute que sa mère ne vienne pas l'embrasser avant qu'il ne s'endorme. « L'angoisse que je venais d'éprouver, je pensais que Swann s'en serait bien moqué [...] ; or, au contraire, comme je l'ai appris plus tard, une angoisse semblable fut le tourment de longues années de sa vie et personne, aussi

1. *Du côté de chez Swann*, p. 30.

bien que lui peut-être, n'aurait pu me comprendre [1] [...] » À quoi répond, en écho dans « Un amour de Swann », un Swann qui va se coucher, « anxieux comme je devais l'être moi-même quelques années plus tard les soirs où il viendrait dîner à la maison, à Combray » (AS, p. 147). Ainsi, d'emblée, Swann est associé au Narrateur par cette expérience de la souffrance morale qu'ils partagent, et son aventure avec Odette peut n'apparaître que comme une illustration de cette philosophie chère à Proust : nos passions sont de la même étoffe, quel que soit l'être qu'elles habillent.

Swann et le Narrateur : d'autres ont montré comment le premier était souvent un double du second, voire de l'auteur lui-même. Cela est particulièrement vrai dans « Un amour de Swann » où l'effacement du Narrateur laisse le champ libre à la subjectivité de Swann.

Le Narrateur de la *Recherche* semble en effet fort discret dans « Un amour de Swann » – et, pour cette raison, on a prétendu que c'était un roman à la troisième personne, et que cette particularité justifiait qu'on publiât le livre en édition séparée. Or, si « Un amour de Swann » est un récit sans le Narrateur, ce n'est pas un récit sans narrateur. Celui qui raconte y dit « je » au moins deux fois (AS, p. 14 et 147), et emploie à plusieurs reprises les adjectifs possessifs « mon », « ma », « mes » : « ma naissance », « mon grand-père », « ma grand-mère », « mon grand-oncle Adolphe »...

Qui est ce « je » ? Pourquoi raconte-t-il cette histoire ? On ne peut répondre si l'on considère qu'« Un amour de Swann » est un roman autonome. Et il l'est d'autant moins qu'il y est déclaré qu'il ne constitue qu'une partie d'un tout : « comme on le verra dans la deuxième partie de cet ouvrage » (AS, p. 169).

Le Narrateur si discret n'est pas le protagoniste du récit ? C'est vrai, mais il en est la personnalité principale, car le plus important est l'impression que l'aventure de Swann a produite sur lui, la leçon qu'il en a retenue. Ainsi, « Un amour de Swann » n'est pas seulement le récit d'un amour, mais aussi un argument dans une démonstration.

On a remarqué qu'il était invraisemblable que le Narrateur puisse pénétrer dans l'intériorité de Swann comme il le fait, savoir ce qu'il pense, ce qu'il désire. Ce personnage invisible qui dit « je » serait-il donc un démiurge, un Balzac du XXe siècle, *deus ex machina* du roman, doué du don d'ubiquité, tout-puissant et omniscient ? On a prétendu que le récit était d'autant plus invraisemblable que les faits rapportés se déroulent avant la naissance du Narrateur, et que celui-ci n'a donc pu les observer. Proust a eu conscience de ce « défaut », et s'en est expliqué, à la dernière page de « Combray », évoquant cet amour de Swann qu'il avait appris « avec cette précision dans les détails plus facile à obtenir quelquefois pour la vie de personnes mortes il y a des siècles que pour celle de nos meilleurs amis, et qui semble impossible comme semblait impossible de causer d'une ville à une autre – tant qu'on ignore le biais par lequel cette impossibilité a été tournée » (AS, p. 184).

Quel est ce biais, quel est ce téléphone ?
« Un amour de Swann » n'est pas, comme
on l'a cru, un livre « à la Balzac ». Le
Narrateur sait tout de Swann parce qu'il
s'est fait raconter son histoire. Par qui ?
Dans certaines esquisses, par son cousin,
qui présenta Odette à Swann ; mais l'auteur renonça bientôt à ce subterfuge. Par
son grand-père ; mais celui-ci n'a dû
fournir que des détails. Par les amis de
Swann, et par Charlus, en particulier, qui,
durant toute cette période, fut le principal
confident de Swann, et fera, dans *La
Prisonnière*, un récit très surprenant de ce

1. Voir Dossier,
p. 139-142.

même épisode [1]. Par Odette, qui, dans *Le
Temps retrouvé*, avouera – ou inventera ?
– quelques détails de cette aventure.
Peut-être aussi par Swann lui-même : on
remarque que, comme lui, le Narrateur n'a
pas accès aux véritables pensées d'Odette.
Mais le « biais » par lequel est tournée
l'impossibilité, ce téléphone psychologique
d'outre-tombe, c'est le Narrateur en personne, qui reconstitue, en se fondant sur
ce qu'il a vécu, les souffrances et les
pensées de Swann. Et c'est la métaphore,
toujours, qui rapproche ce qui est éloigné,
dans l'espace comme dans le temps.

« Un amour de Swann » est un condensé
de la *Recherche*. Et c'est peut-être là le seul
argument qui puisse justifier qu'on le
publie, qu'on le lise, qu'on l'étudie à part.
Mais c'est aussi un récit en trompe l'œil.
Il joue, dans l'organisation de la *Recherche*,
le rôle de ces paysages que l'on voit, dans
certains tableaux, à travers une fenêtre (ou
dans « le cadre étroit d'une porte entrou-
verte », comme chez Pieter de Hooch, que

cite Proust, p. 46) : il donne du champ, de la profondeur au récit, une ligne de fuite à un roman, qui, sans lui, se contenterait de suivre un développement chronologique linéaire. Il introduit la perspective dans la *Recherche*.

II

"LE MYSTÈRE DE SON INCUBATION"

Le plus grand romancier du XXe siècle n'est pas né romancier. Pendant des années, son activité est multiforme, inégale, dispersée, mais répétitive et entêtée. Il semble tourner autour d'un seul sujet, qui le hante mais qu'il ne parvient pas à cerner, tel un homme qui a « un mot sur le bout de la langue ». Ce sujet, c'est le « je », la première personne du singulier, le moi.

Il publie, certes, quelques poèmes négligeables, des nouvelles, des fragments de prose, des articles, des pastiches, des traductions. Certains de ces textes sont à présent recueillis dans les anthologies, et auraient mérité d'y figurer même si Proust n'avait pas écrit *Du côté de chez Swann*. Mais, du grand œuvre, il ne laisse rien paraître, pas même une page de ce *Jean Santeuil* qu'il abandonnera, inachevé, et dont on ignorera presque tout jusqu'en 1952.

Pressent-il que le roman sera la pierre de touche de son génie ? Plutôt que de faire ses gammes en public, il préfère les égrener dans la solitude. Quelques notes, pourtant, ont échappé aux parois de liège de sa chambre, et déjà l'on perçoit la mélodie de Swann. À tel point qu'« Un amour de Swann » n'est pas seulement un « flash-back », pour parler anglais, une « analepse [1] », pour parler grec, une rétrospection, un retour en arrière à l'intérieur de la *Recherche*, mais aussi à l'intérieur de la vie de son auteur, qui renoue avec des thèmes, des analyses, des dialogues esquissés des années plus tôt.

1. *Analepse* : «Toute évocation après coup d'un événement antérieur au point de l'histoire où l'on se trouve » (Gérard Genette, *Figures III*, Seuil, 1972, p. 82).

PROUST AVANT LA *RECHERCHE* : L'ÉPOQUE DES *PLAISIRS ET LES JOURS*.

Dès 1893, Proust – il a vingt-deux ans – s'essaye aux plaisirs de la narration avec *L'Indifférent*, nouvelle publiée dans *La Vie contemporaine* du 1er mars 1896. *L'Indifférent* annonce « Un amour de Swann » : Swann y est une femme, Madeleine ; Odette y est un homme, Lepré, que Madeleine décide de séduire parce qu'il semble indifférent à son charme. Elle veut presque inconsciemment appliquer les maximes de coquetterie contenues dans le célèbre : « Si je ne t'aime pas, tu m'aimes [2] » : c'est le renversement du principe de *Carmen*. Il résiste ; elle en conçoit une jalousie torturante. Lepré a un vice : « Il aime les femmes ignobles qu'on ramasse dans la boue et il les aime follement [3]. » Cette découverte ne diminue pas l'amour de Madeleine. Seul le temps lui permet d'oublier. Elle se mariera – avec un autre.

La trame de ce bref récit n'est pas entièrement superposable à celle d'« Un

2. *L'Indifférent*, texte présenté par Philip Kolb, Gallimard, 1978, p. 41-42.

3. *Ibid.*, p. 60.

SEM

Le Salon de Madeleine Lemaire : caricature de SEM. Au piano, Reynaldo Hahn, le plus fidèle ami de Proust dont il mit les poèmes en musique ; derrière lui, Madeleine Lemaire, illustratrice des *Plaisirs et les jours,* l'un des modèles de Mme Verdurin, et Robert de Montesquiou, aristocrate et poète, qui inspira le personnage de Des Esseintes à Huysmans *(À rebours)* et Charlus à Proust. Bibliothèque nationale, Paris. Ph. © Bibl. nat., Paris © SPADEM, 1991.

amour de Swann », et il ne s'agit pas d'une première version. Lepré est transparent, on sait tout de son vice au bout de quelques paragraphes. Proust découvrira, plus tard, que le mystère d'Odette peut et doit servir à aiguiser la passion de Swann, et il l'entretiendra au fil des pages, ne donnant au lecteur que des indices contradictoires. La vérité d'un être est presque impossible à établir, on ne peut l'approcher qu'en additionnant plusieurs images successives de lui : ce sera l'une des leçons de la *Recherche du temps perdu.*

Mais on reconnaît déjà dans cette ébauche quelques motifs importants : l'amour qui naît comme un défi à l'indifférence, la cristallisation qui s'accomplit à travers la jalousie, les femmes de modeste ou d'infime vertu, l'amour apaisé par le temps. Les termes de la démonstration ne varieront guère.

Dans le détail, on remarque d'autres analogies. Philip Kolb a signalé plusieurs passages où « Un amour de Swann » se souvient de *L'Indifférent.* Ainsi, dans la nouvelle, Madeleine était décrite comme « la femme la plus gâtée de Paris » : « Sans un bijou, son corsage de tulle jaune couvert de catléias, à sa chevelure noire aussi elle avait attaché quelques catléias qui suspendaient à cette tour d'ombre de pâles guirlandes de lumière [1]. » On connaît la fleur qui, dans « Un amour de Swann », devient pour Odette et Swann le symbole de l'amour sensuel : « Elle tenait à la main un bouquet de catleyas et Swann vit, sous sa fanchon de dentelle, qu'elle avait dans les cheveux des fleurs de cette même orchidée attachées à une aigrette en plumes

1. *Ibid.*, p. 39.

de cygne. Elle était habillée, sous sa mantille, d'un flot de velours noir qui, par un rattrapé oblique, découvrait en un large triangle le bas d'une jupe de faille blanche et laissait voir un empiècement, également de faille blanche, à l'ouverture du corsage décolleté, où étaient enfoncées d'autres fleurs de catleyas » (AS, p. 65). De 1893 à 1913, seule l'orthographe de *catleya* a changé – l'étymologie et les dictionnaires en exigent d'ailleurs une troisième : cattlcya. La fleur, elle, est toujours associée au plaisir, à la chair, à la tentation.

Il est certain que Proust s'est souvenu de sa nouvelle lorsqu'il a dû créer le personnage de Swann. En novembre 1910, alors qu'il avait déjà entrepris la rédaction de la *Recherche*, il écrivait à son ami Robert de Flers : « Est-ce que tu as par hasard chez toi *La Vie contemporaine* [...] J'avais écrit dedans une nouvelle imbécile mais dont il se trouve que j'ai besoin et tu me rendrais service en m'envoyant ce numéro [1]. » Proust voulait sans doute relire cet ancien texte pour lui emprunter un soupçon d'intrigue, et un nom de fleur.

Il procède de même pour une autre nouvelle, « La Fin de la jalousie », publiée en 1896 dans *Les Plaisirs et les Jours*, luxueux recueil de nouvelles, de poèmes en vers et en prose, dont la seule évocation, quelques années plus tard, embarrassera leur auteur. Il reconnaît cependant lui-même la filiation. À Georges de Lauris, il écrit en août 1913 : « Je corrige tant bien que mal les épreuves d'un premier volume qui n'a ni queue ni tête, mais qui sauf cette subdivision ridicule me semble bien et

1. *Corr.*, t. X, p. 197.

vivant, et tout à fait différent de ce que vous connaissez de moi. Cela ressemble peut-être un peu à la *Fin de la Jalousie* mais en cent fois moins mal et plus approfondi [1]. »

1. *Corr.*, t. XII, p. 251.

Ici, la tension entre le désir et la peur qu'il puisse ne pas être assouvi est plus vive. Honoré sait que l'amour finira, même s'il s'illusionne au point de prier Dieu pour qu'il dure toujours. Mais, troublé par un ragot, il altère son amour en jalousie, en passion : sa maîtresse serait une « femme facile ». Dès lors, il l'observe, il l'épie, il attend qu'elle se trahisse, il tente de percer à jour ses mensonges : comme Swann. Cependant, Proust décrit – et c'est un progrès par rapport à *L'Indifférent*, où tous les phénomènes psychologiques étaient nommés sans être vraiment analysés – le travail accompli par le jaloux, et comment il bâtit lui-même son enfer, avec quelques pierres ramassées çà et là dans le jardin des autres. Le responsable de ce processus – de cette perversion – est désigné : l'imagination. Mais Honoré meurt, alors que Swann épouse Odette. Leurs souffrances, pourtant, sont identiques, et Honoré en guérit avant de rendre l'âme. Seule la conclusion diffère et, dans « La Fin de la jalousie », Proust fait intervenir une notion fort peu « proustienne », qui tient plus du procédé dit « en queue de poisson » que d'un dénouement logique et satisfaisant : Honoré découvre « le véritable amour », le « pur amour », une sorte d'affection chrétienne pour tous les êtres familiers, où les sens n'ont plus leur part, où la femme aimée ne compte pas plus que les parents ou les domestiques. Ce brouillard mystique se dissipera et n'obscurcira pas la

Recherche, ni « Un amour de Swann ». Proust, sans doute, est ici plus proche de Tolstoï ou du Balzac du *Lys dans la vallée* que de *Sodome et Gomorrhe*. Il n'est pas dans sa voie.

JEAN SANTEUIL.

Il y retourne vite, et introduit dans son œuvre le motif, décisif, de la cruauté – sadisme et masochisme confondus –, avec *Jean Santeuil*, roman autobiographique inachevé, écrit à la troisième personne, auquel il travaille de 1895 à 1902, et qui ne sera publié qu'en 1952. Parmi tant de notations, de thèmes, de détails, de noms qui seront repris dans la *Recherche*, il faut distinguer un épisode de la vie de Jean Santeuil, très proche d'« Un amour de Swann » : l'ensemble des fragments que Pierre Clarac, dans son édition, a rassemblés sous le titre « De l'amour ».

C'est, on le sait, celui d'un essai de Stendhal. Or, tous ces textes semblent, d'une manière ou d'une autre, assujettis à un seul dessein : montrer que Stendhal s'est trompé, que l'amour n'est pas la plus haute réalisation d'une vie humaine, qu'il est au contraire un rétrécissement de l'esprit. Avec *Jean Santeuil*, et plus tard avec « Un amour de Swann » (mais l'aspect offensif, polémique, théorique, aura disparu), Proust écrit son « Contre Stendhal »[1]. Le romantisme, le symbolisme lui sont aussi étrangers que le naturalisme. Il ne s'agit plus d'exalter ou d'embellir la réalité, de la transposer, de la crypter, de la recopier, mais d'en suggérer la présence et de

1. Voir Dossier, p. 119-120.

l'expliquer. C'est ainsi que commencent les révolutions, en littérature.

Il suffit de parcourir la table [1] des fragments composant ce « De l'amour » nouvelle norme pour entrevoir toute la matière accumulée par Proust dans le gisement romanesque qu'il mettra en exploitation à partir de 1909 : « Tourments de la jalousie », « Du rôle de l'imagination dans l'amour », « Réveil de la jalousie dans un rêve », « Douleur de n'être pas aimé », « La musique consolatrice », etc. La femme aimée de Jean se nomme Françoise, et ce prénom reparaîtra, en 1910, dans les esquisses d'« Un amour de Swann », avant d'être remplacé par celui d'Odette. Des épisodes entiers seront réutilisés, voire purement et simplement recopiés : la lecture d'une lettre cachetée à travers son enveloppe tenue devant une lampe, la fenêtre éclairée à laquelle le héros frappe sans obtenir de réponse, l'interrogatoire sur le passé de la maîtresse, l'audition de la « petite phrase » musicale [2], la fin de l'amour et l'oubli précédés par un rêve d'angoisse, etc.

On s'est beaucoup interrogé sur les raisons qui ont incité Proust à abandonner *Jean Santeuil*. L'explication la plus commune – et la plus plausible – est qu'il trébucha sur les difficultés liées au statut formel d'une autobiographie à la troisième personne. Jean Santeuil est à la fois Marcel Proust, un frère aîné du futur héros de la *Recherche* et un archétype de Swann : trop de « je » pour un seul « il ».

Après 1902, Proust délaisse le genre romanesque pendant plusieurs années,

1. Voir *Jean Santeuil*, p. 1122. Les titres sont de Pierre Clarac.

2. Voir Dossier, p. 120-125.

pour se consacrer aux traductions de John Ruskin et aux pastiches. Ce sont des exercices de style salutaires, qui lui permettront, en 1908, d'aborder tous les sujets déjà esquissés avec de nouvelles armes, dont la redoutable et invincible métaphore, déjà citée.

DES CLEFS SANS SERRURES.

Tous les romans sont « à clefs », tant il est vrai qu'un écrivain ne peut créer un univers ex nihilo, que l'imagination sans expérience, sans référence au réel, n'est rien, pas même du délire. Cela suffirait à rendre la question des clefs insignifiante : seul ce qui est en dehors de la norme présente un intérêt véritable pour le lecteur, sinon toujours pour le critique. Pourtant, certains ont jugé qu'elle était au contraire brûlante. On comprend pourquoi. Si Proust avait fréquenté des concierges, des ouvriers, des receveurs du tramway, des anonymes, personne ne se serait soucié de connaître ses clefs. Il a été l'ami des princesses, des ambassadeurs, des Léon Daudet, des Anatole France : on rêve de pouvoir, grâce à la *Recherche*, les observer à travers le trou d'une serrure.

Si ces clefs ouvrent des portes, ce sont celles de la *Recherche*, pas celles d'un salon où nous n'avons pas été conviés : Proust n'est pas un mémorialiste. Il est plus instructif d'observer, grâce aux quelques modèles indubitables, avoués par Proust lui-même ou désignés par un document ou un témoignage fiables, comment le romancier a utilisé la réalité pour enrichir son œuvre, comment il a transformé le réel en fiction. Car, certes, en écrivant « Un amour de Swann », Proust ne pensait pas seulement aux nouvelles qu'il avait publiées, mais aussi aux personnes qu'il avait rencontrées. En outre, la question des clefs présente un intérêt annexe, qui est de révéler avec quel plaisir, et quel brio, Proust l'a compliquée, comme pour brouiller les pistes – et éviter les brouilles.

CHARLES SWANN ET CHARLES HAAS.

« Il n'y a pas de clefs pour les personnages de ce livre ; ou bien il y en a huit ou dix pour un seul », confie-t-il en 1913 à Jacques de Lacretelle [1]. Le premier modèle, le plus évident pour les contemporains, c'est Charles Haas, qui a posé pour Swann. « Comment, vous avez reconnu Haas ? demande Proust à Gabriel Astruc, en décembre 1913. Moi, qui n'ai fait dans mon livre aucun portrait (sauf pour quelques monocles) parce que je suis trop paresseux pour écrire s'il ne s'agit que de faire double emploi avec la réalité ! Haas est en effet la seule personne, non que j'aie voulu peindre, mais enfin qui a été (rempli d'ailleurs par moi d'une humanité différente) qui a été au point de départ de mon Swann [2]. » Mais il semble se rétracter dans une lettre à Mme Straus, en juin 1914, où il parle de « celui que vous appelez Swann-Haas (Quoique ce ne soit pas Haas et qu'il n'y ait nulle part clefs ni portraits [3]) ».

Toutefois, l'aveu le plus manifeste, quoique le plus ambigu, figure dans *La*

1. Voir Dossier, p. 142-144.

2. *Corr.*, t. XII, p. 387.

3. *Corr.*, t. XIII, p. 231.

Détail du tableau de James Tissot, *Le cercle de la rue Royale en 1867*. Charles Haas est debout, à droite. Ph. © Roger-Viollet.
« Si dans le tableau de Tissot représentant le balcon du Cercle de la rue Royale, où vous êtes entre Galliffet, Edmond de Polignac et Saint-Maurice, on parle tant de vous, c'est parce qu'on voit qu'il y a quelques traits de vous dans le personnage de Swann » (Marcel Proust, *La Prisonnière*).

Le comte Louis de Turenne, son monocle et son « tube gris ». Photo Nadar
© CNMHS/SPADEM, 1991.

Élizabeth de Caraman-Chimay, comtesse Greffulhe, dans une robe de Worth (1896). Son élégance sera celle de la princesse des Laumes. Proust la décrit, « splendide et rieuse », lors d'une soirée musicale : « Elle traversait l'atelier dans le sillage murmurant et charmé que son apparition éveillait derrière elle et, dès que la musique commençait, écoutait attentive, l'air à la fois impérieux et docile, ses beaux yeux fixés sur la mélodie entendue, pareille à "un grand oiseau d'or qui guette au loin sa proie". » Photo Nadar
© CNMHS/SPADEM, 1991.

Prisonnière : « Et pourtant, cher Charles Swann, que j'ai si peu connu quand j'étais encore si jeune et vous près du tombeau, c'est déjà parce que celui que vous deviez considérer comme un petit imbécile a fait de vous le héros d'un de ses romans, qu'on recommence à parler de vous et que peut-être vous vivrez. Si dans le tableau de Tissot représentant le balcon du Cercle de la rue Royale, où vous êtes entre Galliffet, Edmond de Polignac et Saint-Maurice, on parle tant de vous, c'est parce qu'on voit qu'il y a quelques traits de vous dans le personnage de Swann [1]. » Ces deux phrases défient les lois de la logique. Swann, héros de roman, peut-il inspirer un autre héros du même roman, qui ne serait que lui-même ? (Un père peut-il être son propre enfant ? Un miroir peut-il refléter sa propre image ?) Et s'il n'est que personnage de roman, peut-il « vivre » encore, c'est-à-dire sortir du roman pour entrer dans la réalité ? Le tableau de Tissot, lui, existe bien : mais Charles Swann n'y figure pas. À sa place, les initiés reconnaissent Charles Haas. Ainsi, Proust livre un indice authentique, auquel il fait tenir un rôle de faussaire. Il semble dire : ceci est un roman, il n'a d'autre référence que lui-même, que l'univers qu'il crée. Et, en même temps : ceci n'est pas un roman, mais une nouvelle réalité, parallèle à celle que nous connaissons.

La question des clefs prend une dimension inquiétante, fantastique, bien éloignée du jeu de société auquel se sont livrés quelques biographes. D'autant plus que la confusion est renforcée par une apparition de Haas, nommément cité cette fois, dans

1. *La Prisonnière, RTP*, t. III, p. 705.

Le Côté de Guermantes : Swann « portait un tube gris d'une forme évasée que Delion ne faisait plus que pour lui, pour le prince de Sagan, pour M. de Charlus, pour le marquis de Modène, pour M. Charles Haas et pour le comte Louis de Turenne [1] ». Henri Raczymow hésite à voir dans cette phrase un procédé "balzacien" : « mêler le fictif au réel pour hausser le premier au degré de certitude du second ». Il ajoute : « L'art est ici de faire côtoyer Swann et Haas dans la même phrase pour mieux signifier que le premier n'est pas le second, mais qu'ils appartiennent tous deux à un ensemble ayant des vertus communes [2]. »

Qui est donc Charles Haas ? Il est né en 1832 (ou 33), il meurt en 1902. Fils d'un agent de change, juif converti, membre du Jockey Club : comme Swann. Certains traits de son caractère, certaines particularités de son existence rappellent encore le héros de Proust, mais ne l'éclairent pas. Seule la vision d'un écrivain confère un intérêt à ces analogies, en s'élevant au-dessus de la gratuité d'un « jeu des sept erreurs ». On renvoie donc au livre d'Henri Raczymow, qui a mené, sur Haas, l'une des enquêtes les plus originales qu'ait inspirées la *Recherche du temps perdu*.

QUELQUES MODÈLES.

S'il ne fait guère de doute que Haas et Swann soient fort proches l'un de l'autre, il n'en va pas de même pour les autres personnages du récit. Il y aurait quelque chose de la très belle et très élégante

1. *Le Côté de Guermantes*, *RTP*. t. II, p. 866.

2. *Le Cygne de Proust*, Gallimard, 1989, p. 9.

comtesse Greffulhe dans la princesse des Laumes ? On aurait reconnu le poète Robert de Montesquiou dans le baron de Charlus ? Mme Verdurin aurait quelques traits de Madeleine Lemaire, illustratrice des *Plaisirs et les Jours* ? Hélas, souvent, c'est Madeleine Lemaire qui prend, pour nous qui ne l'avons pas connue et ne la verrons jamais à la télévision, les traits de Mme Verdurin. Pour Odette, on a proposé plusieurs modèles ; George Painter, dans sa biographie de Proust, en énumère une dizaine ; autant dire qu'il n'y en a aucun. On peut d'ailleurs allonger la liste à plaisir, preuve que Proust a créé ses personnages comme il a écrit son roman : à l'aide de fragments, tel l'artiste mosaïste qui compose un tableau en assemblant de petites pièces colorées.

Proust avait connu Laure Hayman (1851-1932) en 1888. Cette courtisane, à la mode du XVIIIe siècle, d'une beauté et d'un esprit raffinés, habitait alors – comme Odette plus tard – rue La Pérouse. Elle inspira le personnage de *Gladys Harvey* à Paul Bourget. Lorsqu'elle lut *Du côté de chez Swann*, en mai 1922, elle se reconnut dans Odette ; Proust dut la rassurer : « Odette de Crécy, non seulement n'est pas vous, mais est exactement le contraire de vous. Il me semble qu'à chaque mot qu'elle dit, cela se devine avec une force d'évidence. [...] Vous me dites que votre "cage" (!) ressemble à celle d'Odette. J'en suis surpris. Vous aviez un goût d'une sûreté, d'une hardiesse ! Si j'avais le nom d'un meuble, d'une étoffe à demander, je m'adresserais volontiers à vous, plutôt qu'à n'importe quel artiste. Or, avec

Photographie anonyme. Bibliothèque nationale, Paris. Ph. © Bibl. nat., Paris.
« Odette de Crécy, non seulement n'est pas vous, mais est exactement le contraire de vous. » Lettre de Proust à Laure Hayman.

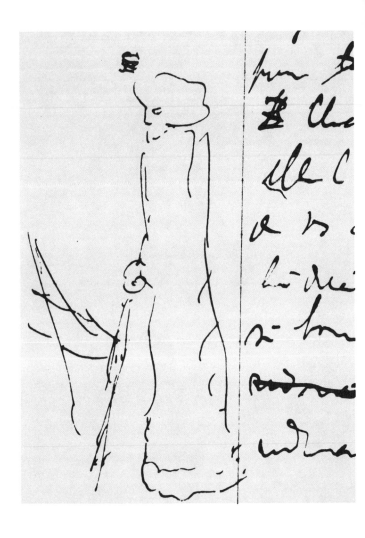

Odette ? Dessin de Marcel Proust, dans la marge d'un cahier d'esquisse d'« Un amour de Swann ». Bibliothèque nationale, Paris. Ph. © Bibl. nat., Paris.

beaucoup de maladresse peut-être, mais enfin de mon mieux, j'ai au contraire cherché à montrer qu'Odette n'avait pas plus de goût en ameublement qu'en autre chose, qu'elle était toujours (sauf pour la toilette) en retard d'une mode, d'une génération. Je ne saurais décrire l'appartement de l'avenue du Trocadéro, ni l'hôtel de la rue La Pérouse, mais je me souviens d'eux comme du contraire de la maison d'Odette. Y eût-il des détails communs aux deux, cela ne prouverait pas plus que j'ai pensé à vous en faisant Odette que dix lignes, ressemblant à Monsieur Doasan, enclavées dans la vie et le caractère d'un de mes personnages auquel plusieurs volumes sont consacrés, ne signifient que j'aie voulu peindre Monsieur Doasan. J'ai signalé, dans un article des *Œuvres libres*, la bêtise des gens du monde qui croient qu'on fait entrer ainsi une personne dans un livre. Hélas ! est-ce que je vous surfaisais ? Vous me lisez et vous vous trouvez une ressemblance avec Odette ! C'est à désespérer d'écrire des livres. [...] Les femmes du monde ne se font aucune idée de ce qu'est la création littéraire, sauf celles qui sont remarquables. Mais, dans mon souvenir, vous étiez justement remarquable. Votre lettre m'a bien déçu [1]. »

1. Marcel Proust, *Correspondance générale*, Plon, 1935, t. V, p. 220-223.

Ce ne sont d'ailleurs pas seulement les êtres qui sont (ou ne sont pas) des modèles, mais les œuvres d'art, les villes ou les événements. La sonate de Vinteuil n'est pas une sonate déterminée, mais un condensé d'impressions que Proust a ressenties en écoutant des sonates ou d'autres pièces de musique. « Dans la mesure où la réalité m'a servi, confie Proust à

Lacretelle, mesure très faible à vrai dire, la petite phrase de cette Sonate » est tour à tour « la phrase charmante mais enfin médiocre d'une sonate pour piano et violon de Saint-Saëns », l'Enchantement du Vendredi Saint de Wagner, la sonate de Franck, un prélude de *Lohengrin*, « une chose de Schubert », « un ravissant morceau de piano de Fauré [1] ».

1. Voir Dossier, p. 142-143.

Et – Proust ne le dit pas ici, mais toute son œuvre l'explique – une sonate peut également être inspirée par un tableau, un personnage féminin peut prendre pour modèle un personnage masculin. Ce n'est pas seulement le carnaval qui se fait passer pour le carême, Proust ayant travesti en femmes les hommes qu'il a aimés : derrière ces déguisements se cachent les synesthésies, ces correspondances chères à Baudelaire. Le procédé a simplement été appliqué à tous les domaines de l'expérience sensible. C'est, encore, le règne de la métaphore.

LA GENÈSE.

Car tout cela ne serait rien sans l'écriture. Et Proust a passé des années à travailler, à modeler cette réalité qu'il empruntait au monde ou à sa propre mémoire. Ses cahiers d'esquisse portent la marque de cet *ouvrage*, et permettent de suivre, presque pas à pas, la métamorphose.

Marcel Proust a laissé de très nombreux manuscrits qui, à sa mort, formaient une « haute pile inégale » que Jean Cocteau a comparée à une « cathédrale de papier ». Ils sont presque tous conservés et consultables au Cabinet des Manuscrits de la Bibliothèque nationale, et ont été publiés, pour l'essentiel, dans la nouvelle édition de *À la recherche du temps perdu* dirigée par Jean-Yves Tadié (Bibliothèque de la Pléiade, 1987-1989).

Les documents relatifs à la *Recherche* constituent le lot le plus important. On compte quatre carnets de notes, soixante-quinze cahiers d'esquisse, vingt-sept volumes de manuscrits au net, vingt-deux volumes de dactylographies et vingt deux volumes d'épreuves, qui permettent d'étudier la genèse de la *Recherche* dans tout son développement.

On trouvera, dans le premier volume de l'édition de la Pléiade (p. CXLV-CLXIX), une note sur « Le Fonds Proust de la Bibliothèque nationale » due à Florence Callu et à laquelle nous renvoyons le lecteur pour l'inventaire et la description de tous ces documents.

Lorsque Proust, en 1908, a la première idée de ce qui deviendra *À la recherche du temps perdu*, il ne s'agit encore que d'un récit où doivent être recueillis quelques souvenirs d'enfance. Il abandonne très vite ce projet et se lance dans un essai sur la méthode critique de Sainte-Beuve (accusé d'avoir manqué de clairvoyance en confondant les hommes et leurs œuvres) qui, peu à peu, évolue à son tour vers la transcription d'une conversation du Narrateur avec sa mère sur quelques événements du passé et sur quelques considérations littéraires. L'hésitation entre le « je » et le « il » est constante dans ces pages. En quelques mois, Proust tranche au profit du « je », et au profit du roman. Dès lors, il ne fait plus que composer, subdiviser, enrichir, et ne remet jamais en cause la forme adoptée.

La première rencontre de Swann et Odette : deux pages d'esquisses d'« Un amour de Swann » (voir AS). Bibliothèque nationale, Paris. Ph. © Bibl. nat., Paris.

« Un amour de Swann », où la place du « il », plus importante que dans le reste de la *Recherche*, est assez proche de ce qu'elle était dans *Jean Santeuil*, serait-il un vestige de ces hésitations initiales ? Non, car l'essentiel en fut rédigé quand Proust avait déjà choisi le « je ». Et pourtant oui, car le personnage de Swann – ou ses différents avatars – fut longtemps confondu avec celui de Proust, de Marcel, du héros ou du Narrateur – encore dans *Jean Santeuil*, et jusque dans les premières esquisses de la *Recherche*. Toutefois, il semble bien que, de manière inattendue, plus Proust s'éloigne de l'autobiographie, plus il répugne à employer le « il », qui n'était peut-être qu'un masque.

LES CAHIERS D'ESQUISSE DE 1909.

C'est au début de 1909 que, dans les Cahiers, naît l'amour de Swann pour une « veuve entretenue », d'abord prénommée Sonia [1]. Ce nom changera souvent avant de se fixer ; celui de Swann est l'un des rares, dans la *Recherche*, qui ne subira aucune modification au cours de la genèse de l'œuvre et qui s'impose dès les premiers brouillons, comme si Proust n'avait pas osé y toucher, comme si le personnage avait existé avant que l'auteur ne le crée. Leur histoire est contée, à la troisième personne, en une dizaine de pages très denses, qui nous mènent des balbutiements de l'amour au mariage, et nous introduisent dans le milieu des Verdurin.

L'aspect satirique du récit est esquissé ; les principales articulations de l'étude

1. Cahier 31 ; voir Dossier, p. 125-137.

psychologique sont en place ; on ne trouve en revanche rien qui corresponde à cette réflexion sur l'art, sur la musique en particulier, qui structure l'« Amour de Swann » publié en 1913. L'épisode est trop bref pour constituer un chapitre de roman ; il n'est qu'une évocation, mêlée aux souvenirs du Narrateur, d'un personnage qui a marqué son enfance à Combray. De tels portraits, de tels résumés d'une vie sont nombreux dans la *Recherche*, qui présentent un personnage en quelques pages, et que Proust aurait pu développer jusqu'à leur donner l'importance d'« Un amour de Swann ». Pourquoi n'y a-t-il pas, ainsi, « Un amour de Charlus jeune », qui eût raconté l'histoire du mariage du baron, ou « Une vie d'Odette », qui aurait retracé ses aventures par le menu jusqu'à sa rencontre avec Swann ? En dehors des raisons de cohérence interne (Charlus ou Odette doivent conserver longtemps leur mystère pour entretenir le suspens), rien n'empêchait Proust de créer ces destins et de les écrire, sauf le temps, peut-être. Mais les personnages secondaires doivent rester secondaires. Et Swann n'est pas l'un d'eux.

Proust affine ensuite ce portrait et peuple le salon Verdurin des silhouettes que nous connaissons (le peintre, le docteur Cottard, le pianiste, Forcheville, etc.), sans que ces retouches ou ces ajouts ne grossissent considérablement l'épisode (Cahiers 36, 7, 6, 12).

Cependant, en même temps, dans le Cahier 25, il raconte comment Swann fut amoureux, à Querqueville (le nom parfois donné à une ville balnéaire, Balbec dans le texte définitif), d'une jeune fille, Anna, qu'il soupçonne d'aimer les femmes et qu'il persécute de sa jalousie et de ses soupçons [1]. Ce texte est une première ébauche d'*À l'ombre des jeunes filles en fleurs* et de *La Prisonnière*, où ces amours seront celles du Narrateur et d'Albertine. En 1909, le Narrateur et Swann ont encore bien des traits communs, et sont même, en partie, sinon interchangeables, du moins frères en psychologie. Dans le Cahier 25, le « il » se transforme d'ailleurs brusquement en « je ». Sans doute Proust s'est-il rendu compte, en se relisant, qu'il y aurait un plus grand profit à développer l'amour parisien de Swann, et à attribuer celui de Querqueville-Balbec au Narrateur, suscitant une de ces symétries structurales dont son œuvre est riche, et qui font se reproduire à des années de distance des événements similaires.

1. *RTP*, t. II, p. 927-935.

LA PREMIÈRE VERSION COMPLÈTE.

Il n'a toutefois, jusqu'à présent, écrit que des fragments ou des condensés. Il les regroupe et les développe en 1910 : c'est la naissance d'un épisode séparé, qui se dégage peu à peu de « Combray » pour gagner en autonomie et en extension. « Un amour de Swann » déclare son indépendance. La version que nous en livrent les Cahiers 69 et 22 est plus longue (cinquante pages dans l'édition de la Pléiade), et elle comprend l'essentiel des péripéties d'« Un amour de Swann ». Dans le premier cahier, Odette s'appelle d'abord Carmen. Et, avec ce prénom, est introduit le thème, capital, de la musique. La sonate n'est pas encore de Vinteuil, mais de Saint-Saëns ; elle possède déjà sa « petite phrase » qui devient l'« air national » de l'amour de Swann, mais ne sert que de décor à son idylle, et le héros n'entend pas encore, ou préfère ne pas entendre, le message qu'elle pourrait lui transmettre : « Qu'importe qu'elle dît que l'amour est fragile puisque le sien était fort. Elle passait vite mais comme une caresse et elle lui parlait de chagrins qui ne rendaient que plus profond le sentiment de son bonheur [1]. »

C'est, encore une fois, par des additions et des corrections – et non en suivant un plan rigide –, que Proust cerne son intrigue. Swann connaît la jalousie, la souffrance, le doute ; il combat des mensonges ; il perd son temps dans des salons fréquentés par des gens stupides. Mais il lui manque cette dimension spirituelle qui rendra son drame différent d'une simple histoire d'amour ou d'un roman à la Maupassant. Or, avec l'introduction de la musique, Proust tient un élément essentiel de cette dramatisation du personnage, et il s'empresse de l'exploiter : Swann sera un artiste raté, et la musique lui rappellera qu'il a gâché sa vie. Ce malheur, que lui désigne la petite phrase de la sonate, il a désormais le courage de le regarder en face, lors d'une soirée dans un salon aristocratique (qui fait écho moins qu'il ne s'oppose à celui, bourgeois et vulgaire, des Verdurin) : « Et cependant la petite phrase se déroulait et il en sentait chaque note, il l'interrogeait comme si elle eût contenu quelque vérité profonde relative à son amour, à son bonheur, à sa vie [2]. »

1. *RTP*, t. I, p. 911.

2. *RTP*, t. I, p. 942.

Le destin d'« Un amour de Swann » est tracé, et il restera inchangé : ce sera une méditation sur l'amour, sur l'art, et, d'abord, sur la vérité. Les additions rédigées dans d'autres cahiers, les mises au net procèdent, comme toujours, par amplification, et le manuscrit définitif (celui qui servira de copie à la dactylographie) n'occupe pas moins de cinq cahiers (15 à 19). Les corrections de cette dactylographie, à partir de 1911, celles des épreuves, en 1913, sont certes importantes (ainsi apparaissent les catleyas, absents des esquisses et du manuscrit bien que présents, rappelons-le, dans *L'Indifférent*, en 1893), mais rien du sens de l'œuvre ni de la structure n'est modifié.

Le titre, « Un amour de Swann », est consigné pour la première fois, de la main de Proust, en 1911, en tête de la deuxième dactylographie corrigée. Comme la plupart des titres de Proust, il est très ambigu. Certains lecteurs, distraits ou facétieux, ont compris que Swann était « un amour » : ne dit-on pas « un amour d'enfant » ou « un amour de petite chèvre » ? C'est un exemple d'exégèse aux frontières de l'impossible, qu'il faut signaler et déplorer. Mais les interprétations moins fantaisistes ne manquent pas non plus : l'article indéfini complique tout. S'agit-il bien d'un amour quelconque, d'un amour parmi d'autres qui lui ressemblent, choisi au hasard pour donner une idée de ce que furent tous les amours de Swann ? N'est-ce pas plutôt l'amour de Swann, le plus important, le plus significatif de ceux qu'il a vécus ? Replacé dans la suite des amours de la *Recherche*, l'indéfini s'individualise.

Il en était de M. et Madame Verdurin comme de certaines places de
Venise, inconnues et spacieuses, que le voyageur découvre un soir
au hasard d'une promenade, et dont aucun guide ne lui a jamais parlé.
Il s'est engagé dans un réseau de petites ruelles qui fendillent
en tous sens de leurs rainures le morceau de Venise qu'il a devant
lui, comprimé entre des canaux et la lagune, quand tout d'un coup,
au bout d'une de ces "calli", comme si la matière vénitienne au moment de cristalliser avait subi là une distension imprévue, il se
trouve devant un vaste campo à qui il n'aurait pu certes supposer cette importance, ni même trouver de la place, entouré de charmants
palais sur la pâle façade desquels s'attache la méditation du clair
de lune. Cet ensemble architectural vers lequel dans une autre ville
la rue principale nous eut conduit tout d'abord,ici ce sont les plus
petites qui le cachent comme un de ces palais des contes de l'Orient
où mène pour une nuit par un chemin qu'il ne faut pas qu'il puisse
retrouver au jour un personnage qui finit par se persuader qu'il n'est
allé qu'en rêve.

Et en effet si le lendemain vous voulez retourner à ce campo, vous
suivrez des ruelles qui se ressemblent toutes et ne vous donneront
aucun renseignement. Parfois un indice vous fera croire que vous
allez retrouver et voir apparaître dans la claustration de sa solitude et de son silence la belle place exilée, mais à ce moment quelque mauvais génie sous la forme d'une calle nouvelle, vous fait
brusquement rebrousser chemin et vous ramène au grand canal.
Le lecteur obscur d'un journal mondain y retrouve chaque jour et s'y
est familiarisé avec les noms d'une quantité de personnes qu'il ne

Première page de la dactylographie corrigée d'un « Amour de Swann » (1911). Telles
étaient les premières lignes du récit jusqu'à ce que Proust les modifie sur les secondes
épreuves, en 1913. Bibliothèque nationale, Paris. Ph. © Bibl. nat.

Le roman raconte l'histoire de plusieurs amours : l'un est de Swann, l'autre du Narrateur, l'autre de Charlus, l'autre de Saint-Loup, etc. Mais s'il n'est qu'un élément à l'intérieur d'une série, c'est peut-être parce que, bien qu'unique et individuel, il permet d'entrevoir l'universel. C'est le mouvement de tout grand art, qui va du particulier vers le général, du singulier vers le pluriel.

III   "SECRÈTE, BRUISSANTE ET DIVISÉE"

UNE STRUCTURE ABSENTE ? LE TEMPS.

Pour exigeante que soit l'activité intellectuelle qui consiste à rechercher le temps perdu, elle s'accommode fort bien des chronologies bancales, des anachronismes, des à-peu-près et du flou artistique en matière de datation. C'est que le temps est une notion affective : il n'est pas scandé par le balancier et le coucou d'une horloge suisse, mais par des événements qui influent les uns sur les autres et sur la perception que nous avons de leur durée ou de leur enchaînement. Chacun crée son temps intime, qui devient celui de son existence. Le temps perdu n'est pas celui qui gît dans les calendriers.

Pour reproduire cette expérience de relativité, Proust a brouillé, dans son roman, tous les repères chronologiques.

Quel âge a le Narrateur ? Quelle est sa date de naissance ? Impossible de le savoir. Proust ne parle pas en jours, en mois et en années, mais en instants, en saisons et en époques. Quand Balzac précise, dès la première page du *Père Goriot*, que « ce drame commence » en 1819, quand Stendhal situe la première page de *La Chartreuse de Parme* « le 15 mai 1796 », quand Flaubert fait débuter *L'Éducation sentimentale* « le 15 septembre 1840, vers six heures du matin », Proust, lui, se contente d'indiquer, dans la première phrase de la *Recherche du temps perdu*, que, « longtemps », son héros s'est couché de bonne heure.

« Un amour de Swann » n'échappe pas à cette règle ; pas une date n'y est citée. L'âge de Swann, celui d'Odette, l'année de leur rencontre, la durée de leur liaison : tout est caché. C'est au lecteur, armé de patience, de livres d'histoire et de sens de la déduction, qu'il convient d'établir une chronologie des faits.

Pour délimiter ce cadre temporel, il dispose de deux types d'éléments : les allusions à des événements historiques externes au récit permettent de le relier au reste de la *Recherche* ; les notations internes telles que « le lendemain », « six mois plus tard », « deux ans après », dessinent sa structure intime.

Encore les éventuels résultats obtenus par recoupement doivent-ils être considérés avec défiance. Si Proust avait voulu qu'on sût que son récit commençait en 1879, s'il avait jugé que cela avait la moindre importance, pourquoi ne l'aurait-il pas dit lui-même ? Ce qui « date » « Un amour de Swann », mieux que tous les carbones 14 intellectuels, ce sont les goûts des personnages, la musique qu'ils écoutent, la peinture qu'ils admirent. Proust n'a pas écrit la chronique d'une année ; il a fait le tableau d'une époque, la fin du XIXe siècle, entre Impressionnisme et Symbolisme.

DE LA RELATIVITÉ DES ÉVÉNEMENTS HISTORIQUES.

Les jalons les plus sûrs sont sans doute les événements historiques – ou, plus modestement, les faits divers. Pourtant, on s'aperçoit très vite que le désordre règne dans ce domaine. Lorsque Swann rencontre Odette, le président de la République française se nomme Jules Grévy (AS, p. 43). Élu le 30 janvier 1879, il démissionne le 2 décembre 1887. Odette écrit à Swann une lettre des plus tendres le jour de la fête de Paris-Murcie (AS, p. 57). Cette fête de bienfaisance au profit des victimes de l'inondation de Murcie, en Espagne, eut lieu le 18 décembre 1879. Jusqu'ici, les événements se succèdent harmonieusement. Mais les Verdurin se plaignent de n'avoir pas eu de coupe-file pour assister aux obsèques nationales de Gambetta (AS, p. 42), qui se déroulèrent le 6 janvier 1884, et, le même jour, Swann leur parle de la reprise des *Danicheff* (AS, p. 43), en octobre 1884. C'est chausser les bottes de sept lieues et sauter par-dessus les époques. Rien n'explique ce passage brusque de quatre années. Vers la fin du récit, le clan des Verdurin, en voyage au long cours, apprend que Paris est en révolution (AS, p. 245) ;

ce qui est peut-être – peut-être... – une allusion aux menées du général Boulanger, en 1889. Là encore, on aurait du mal à justifier l'ellipse de cinq années.

L'histoire d'« Un amour de Swann » durerait donc une dizaine d'années. C'est trop, si l'on considère que, dans ce cas, Swann et Odette se marient après 1889, c'est-à-dire quand leur fille, Gilberte, et le Narrateur ont déjà près de dix ans (cet âge étant déduit, grâce à des recoupements similaires effectués dans les autres parties de la *Recherche*). Or, « Un amour de Swann » a eu lieu avant la naissance du Narrateur.

Les événements historiques, les faits divers perdent ici leur aspect rassurant, indéniable. Sans doute sont-ils, tel le nom de Haas placé au cœur du roman, comme des hommages que la fiction rend à la réalité, pour s'y ancrer momentanément. Mais ils n'ont plus pour rôle de dater l'intrigue et sont même interchangeables. Dans un état ancien de son récit, à la place des obsèques de Gambetta, Proust parlait de celles de Hugo, qui eurent lieu deux ans plus tard, en 1885 [1]. La véritable cohérence chronologique, si elle existe, n'est peut-être qu'interne

1. *RTP*, t. I, p. 1204, note 1 de la page 212.

LA CHRONOLOGIE INTERNE : CASSE-TÊTE.

Encore Proust se contredit-il d'une page à l'autre. « C'est vers l'époque de ma naissance que commença la grande liaison de Swann », dit le Narrateur (AS, p. 14). Mais, dans « Combray », il évoque cet « amour que Swann avait eu avant ma naissance [2] ». Avant, pendant ou après ? Et l'époque

2. *Du côté de chez Swann*, p. 184.

55

de cette naissance peut-elle durer dix ans ? Le lecteur ne sait trancher sur l'imprécision – ou l'hésitation – de l'écrivain.

Il est tout aussi délicat de définir la durée de l'épisode. À la fin du récit, Swann considère qu'il a « gâché des années » de sa vie (AS, p. 254). Des années ? Combien ? Une fois encore, il faut renoncer à savoir. Une addition des indications trop floues données par Proust n'aboutirait qu'à un point d'interrogation : deux ans entre la rencontre et le moment où Swann s'aperçoit qu'Odette commence à épaissir (AS, p. 141), « près d'une année » pour le voyage d'Odette en yacht (AS, p. 244), « quelques semaines » entre la fin de cette croisière et la conclusion du récit (AS, p. 250). Et combien de lendemains entre chacune de ces précisions, combien de brèves croisières, combien de dimanches à Chatou ? Et combien d'ellipses qui ne sont même pas signalées ? Proust ne tient pas une comptabilité de tous les épisodes qui se répètent : il lui suffit de les avoir condensés en un seul récit, qui se moque de la chronologie.

L'incohérence disparaît lorsqu'il s'agit d'évoquer le passage des saisons, c'est-à-dire un temps sensible au cœur. L'été succède au printemps, qui succède à l'hiver. Ici, Proust ne prend plus aucune liberté avec la vraisemblance. La rencontre de Swann et d'Odette a lieu à la fin de l'hiver : la neige est « restée dans le jardin et aux arbres » (AS, p.49). Leur amour se développe au printemps : « C'était le printemps, un printemps pur et glacé » (AS, p. 69), « c'étaient les plus beaux jours du printemps » (AS, p. 113). Il est menacé par

l'été, quand les Verdurin vont chercher la
fraîcheur au Bois ou à Chatou (AS, p. 131).

LA COULEUR D'ÉPOQUE.

Comme on parle de la couleur locale qu'un
auteur ajoute à un roman, à un film se
déroulant dans une région, dans un pays
exotique ou « typique », sans doute faut-il
invoquer, pour expliquer les incohérences
de la chronologie, une « couleur d'époque ». Plus que dans la durée relative des
épisodes (une journée racontée en
cent pages ou deux années en trois lignes),
qui constitue la vitesse du récit [1], la
véritable structure temporelle est en effet
dans cette palette d'événements, de modes,
de spectacles que Proust utilise sans souci
de la logique, pour colorer sa toile.

De même qu'il respecte la succession
des saisons, Proust est attentif au changement du goût. Il décrit la coiffure qu'« on
portait alors », il note qu'il était difficile
d'« apercevoir la continuité » du corps
d'Odette, « à cause des modes de l'époque »
(AS, p. 19). Il parle de la vogue des décors
orientalistes : « étoffes orientales », « chape-
lets turcs », lanterne et soie japonaises,
« potiches chinoises », réunis en une seule
page (AS, p. 50) plus évocatrice que toutes
les présidences de Jules Grévy et que
toutes les obsèques de Gambetta : c'est le
style artiste des frères Goncourt, la bimbe-
loterie de Mallarmé, le japonisme de
Manet, de Loti, de Monet ; dans ce
bric-à-brac se mire une époque. Autre
gloire de ce temps : Wagner, l'un des
grands bouleversements esthétiques de la

1. Voir Gérard
Genette, *Fi-
gures III.*

fin du XIXe siècle. Admiré par Swann et par les Verdurin autant que par Proust, il fait plus, pour le cadre temporel du récit, qu'un strict et rigide corset chronologique.

LE TEMPS DE LA MUSIQUE, LE TEMPO DU RÉCIT.

Wagner : son nom doit apparaître ici comme un emblème. La musique, partout présente dans « Un amour de Swann », est un art du temps, et, à ce titre, elle est appelée à jouer, dans le récit, le rôle qui a été refusé au temps des calendriers et des horloges. Ce n'est pourtant pas (seulement) à Wagner que Proust confie cette mission, mais, bien sûr, à la sonate de Vinteuil. Et la structure même du livre peut être décrite comme musicale : elle imite la musique par ses rappels, ses échos, ses leitmotive, ses da capo ; elle la place en même temps au cœur de l'intrigue et de la psychologie. C'est à elle que sont attribués tous les pouvoirs qui, ailleurs, sont l'apanage du temps.

Le récit n'est-il pas, comme la vie de Swann, scandé par la sonate de Vinteuil ? À chaque nouvelle audition de l'œuvre correspond une modification de l'état d'âme du héros ; la « petite phrase » signale chaque changement de cap de la narration.

LA SONATE DE VINTEUIL.

La structure apparente est binaire : à la première véritable audition, chez les Verdurin, où l'amour de Swann pour Odette

Wagner, page du manuscrit de *La Walkyrie*. Ph. © Edimédia.
« Si le pianiste voulait jouer la chevauchée de la *Walkyrie* ou le prélude de *Tristan*, Mme Verdurin protestait, non que cette musique lui déplût, mais au contraire parce qu'elle lui causait trop d'impression. »

Gustav Klimt, *La Musique*. Neue Pinakothek, Munich. Ph. du Musée.

prend son envol, répond, lors de la soirée Saint-Euverte, une exécution de la même œuvre qui marque le début de la « guérison » du héros. Proust introduit ainsi dans « Un amour de Swann » le motif de la mémoire involontaire, qui, dans « Combray », avec le fameux épisode de la petite madeleine, donne naissance au roman.

Mais la réalité est plus subtile que ce trop simple dualisme, et la sonate de Vinteuil épouse toutes les nuances de l'amour de Swann. Un court tableau étant plus clair qu'un long discours, on fera figurer dans celui qui suit une liste des auditions de la sonate, auxquelles correspondront les phrases du texte signalant l'évolution de l'amour (et dans lesquelles le pronom « elle » représente invariablement la « petite phrase »).

I. NAISSANCE DE L'AMOUR.

Sonate, p. 33-38. (Chez les Verdurin)
> « Il avait éprouvé pour elle comme un amour inconnu. » (p. 35)

II. DÉVELOPPEMENT DE L'AMOUR.

Sonate, p. 71-72. (Chez Odette)
> « Qu'importait qu'elle lui dît que l'amour est fragile, le sien était si fort ! » (p. 72)

III. DÉVELOPPEMENT DE LA JALOUSIE.

Sonate, p. 105-107. (Chez les Verdurin)
> « Et Swann, en son cœur, s'adressa à elle comme à une confidente de son amour, comme à une amie d'Odette qui devrait bien lui dire de ne pas faire attention à ce Forcheville. » (p. 106)

IV. FIN DE L'ILLUSION,
DÉBUT DE LA GUÉRISON.

Sonate, p. 208-218. (Chez Mme de Saint-
Euverte)

> « À partir de cette soirée, Swann comprit
> que le sentiment qu'Odette avait eu pour lui
> ne renaîtrait jamais, que ses espérances de
> bonheur ne se réaliseraient jamais. » (p. 219)

Swann est amoureux de la musique de
Vinteuil avant de l'être d'Odette. C'est
même grâce à l'état fébrile, exalté, qu'a
créé en lui la musique qu'il peut tourner
son désir vers la jeune femme. En aimant
Odette, il se trompe simplement d'objet,
mais non d'amour. Il est victime d'une
illusion, que la sonate, qui lui a donné
naissance, dissipera, comme dans les
contes où les sorcières et les fées sont les
seules à pouvoir rompre le charme qu'elles
ont lancé. Les quatre exécutions de la
sonate sont donc à l'origine des quatre
étapes de la maladie de Swann, qui, à leur
tour, sont liées à quatre lieux. C'est ainsi
que le temps et l'espace, par l'intermédiaire de la musique, en viennent à
structurer le récit d'un mirage.

IV   "LA PETITE PHRASE"

UNE UNITÉ DE MESURE : LA PHRASE.

Proust n'a pas écrit que de longues
phrases, mais ce sont elles qui marquent
le souvenir du lecteur de la *Recherche*,
quand bien même la première du roman

n'a pas plus de huit mots (« Longtemps, je me suis couché de bonne heure »), et qui autorisent son inscription dans quelque livre des records : on a calculé que « la plus longue phrase qu'il ait jamais écrite » comptait « presque quinze cents mots [1] ». Il s'agit là d'un trait folklorique.

Proust serait-il un phraseur – mot dans lequel, certes, il y a « phrase », mais où on lit aussi « raseur » ? À la « longueur », il préfère l'« ampleur ». « J'aime par-dessus tout le style pourvu d'amples ailes, et adouci de moelleuses plumes [2] », écrit-il en 1910. Déjà, en 1905, il notait : « Mais je suis bien obligé de tisser ces longues soies comme je les file, et si j'abrégeais mes phrases cela ferait des petits morceaux de phrases, pas des phrases [3]. » Autrement dit, s'il avait pu faire autrement, il en aurait été ravi, mais il n'a pu se dérober à une sorte d'impératif moral : sa pensée lui impose un rythme, un souffle, un style, et il ne peut que se plier à cette injonction.

Il refuse toutefois d'être un théoricien (« Une œuvre où il y a des théories est comme un objet sur lequel on laisse la marque du prix [4] ») ou un intellectuel, mais il n'est pas non plus un naïf, un Douanier Rousseau, un Facteur Cheval du roman. Si son style ne s'est pas formé dans un laboratoire, s'il n'a pas été adopté pour respecter une signature apposée au bas d'un manifeste, il n'en est pas moins travaillé et réfléchi : les cahiers d'esquisse le montrent. Il apparaît comme naturel, instinctif, consubstantiel à sa pensée : aussi Proust préfère-t-il prouver le mouvement en marchant.

1. George D. Painter, *Marcel Proust*, t. I, p. 176.

2. Lettre à Robert Dreyfus, *Corr.*, t. X, p. 181.

3. Lettre à Robert Dreyfus, *Corr.*, t. V, p. 288.

4. *Le Temps retrouvé*, *RTP*, t. IV, p. 461.

Il ne faut pas chercher, dans « Un amour de Swann », d'art poétique. Proust connaît et exploite toutes les ressources de la rhétorique ; il ne tente pas de les révolutionner. À une époque dont naîtront Dada, le Surréalisme et leur remise en question des fondements du langage, Proust continue d'écrire comme au XVIIIe siècle et son style semble, bien souvent, relever des formes tombées en désuétude. Et s'il se débarrasse de l'attirail clinquant des Symbolistes, de l'outrance précieuse d'une écriture « artiste » ou décadente, c'est pour mieux renouer avec la clarté classique, avec le grand style d'un Saint-Simon – l'un des auteurs préférés de Swann.

Pourtant, son style est suffisamment typé pour qu'on l'ait pastiché ou caricaturé. C'est donc qu'il possède un certain nombre de caractéristiques que l'on peut isoler et reproduire. La longueur de la phrase en est une, mais sans doute pas essentielle : il ne suffit pas d'écrire mille cinq cents mots sans un seul point pour « faire du Proust ».

Proust est un styliste sans orgueil : pour lui, le style n'est pas une fin en soi. La grammaire, le mot, la phrase doivent être mis au service de la vision, et non pas la déterminer. Il refuse l'ornement et lui préfère l'image. Sa prose est rythmée, cadencée, musicale. Elle ne flatte pas le lecteur, elle l'accompagne. En même temps, le détail superflu, la notation, le pittoresque sont bannis au profit de l'impression. Le mot rare, le mot sensationnel, le mot d'auteur ne sont pas recherchés ; le mot juste, seul, compte. Encore faut-il qu'il soit à sa place : le style de Proust est un art de la conjonction et de l'incidente, de la construction et de l'équilibre ; c'est un art de la phrase avant d'être un art du mot.

Cette rigueur serait de la sécheresse si elle n'était tempérée par deux éléments : l'humour et la poésie. L'un et l'autre se rencontrent aussi bien à l'échelle de la phrase qu'à l'échelle du récit, car le style de Proust s'occupe également des petites et des grandes unités textuelles, qui sont régies par les mêmes lois. La cohérence du système, l'aspect global de la conception et de la création du roman permettent ces effets d'écho qui sont la véritable et essentielle caractéristique du style de Proust.

LES ÉCHOS.

La palette du romancier est immense. L'écho peut répéter un son, par allitération : « Un romancier mondain [...] répondit d'un air important et mystérieux, en roulant l'*r* : / – J'observe » (AS, p. 185). Il peut insister sur un ou plusieurs mots, donnant l'impression que la phrase retourne sur ses pas, que la pensée hésite : on admire l'intense valeur dramatique que prennent les simples mots « il allait frapper aux volets » lorsqu'ils sont répétés deux fois dans la même phrase (AS, p. 117). Mais il peut aussi reproduire un épisode entier : le passage des pages 208-210, où Swann, écoutant la sonate de Vinteuil chez Mme de Saint-Euverte, revoit les principaux moments de son amour avec Odette et se rappelle les phrases qu'elle prononça, est un écho de tout le récit. Cet écho est souvent double, car Proust aime le rythme binaire : les substantifs, les adjectifs, les verbes vont par deux (ou par quatre), moins souvent par trois. Chaque page d'« Un amour de Swann » le prouve.

Mais une règle qui ne souffre aucune exception, ou qui n'est jamais transgressée, n'est, pour l'écrivain, qu'une contrainte artificielle et stérile. Au sein de la répétition doit s'introduire la différence. La répétition d'une formule (chaque « fidèle » a la sienne), celle d'un raisonnement, celle d'un simple mot forment des séries, des réseaux dans lesquels il suffit qu'un seul élément vienne à différer pour que l'étrange, le beau, le surprenant ou l'ironique se glisse dans le récit. Ainsi, Swann se tient souvent à lui-même des discours ratiocineurs à la fin desquels il prend les décisions les plus fermes. Après quoi il détruit tout son édifice en une phrase, sans apporter de justification à son revirement (AS, p. 111, 137, 141-142, etc.). La répétition de cette conduite crée un nouvel effet de style.

De même, l'insistance de Swann ou d'Odette à admirer une Mme Verdurin que tout nous décrit comme une personne ridicule (« Comme Mme Verdurin [...] a un amour sincère de la peinture, de la musique », AS, p. 85 ; « Certes elle a la profonde intelligence des arts », AS, p.87) est détruite par le revirement comique, et tragique, de Swann (« Idiote, menteuse ! s'écria-t-il, et ça croit aimer *l'Art* », AS, p.135).

L'écho est nécessaire pour cerner une pensée subtile. En tournant autour de l'objet, en repassant plusieurs fois au même endroit, on a plus de chances de découvrir la vérité. La fréquence de la conjonction « comme » est significative. Proust peut la répéter jusqu'à douze fois en deux pages (AS, p. 216-217). La comparaison introduit dans le texte un écho de la réalité. Ce rythme binaire est celui de la métaphore.

LA MÉTAPHORE.

Proust emploie le mot dans un sens très large. La présence ou l'absence de comparant n'est pas déterminante. Aussi la métaphore proustienne englobe-t-elle également la simple comparaison et la métonymie. Pour qu'il y ait métaphore, il suffit qu'il y ait rapprochement de deux objets : ainsi les idées de Swann sont-elles apparentées aux « grandes ombres fantastiques » éveillées par un « réflecteur mal réglé » (AS, p. 149) ; ainsi le regard de M. de Bréauté, derrière un monocle semblable à une « préparation d'histoire naturelle sous un microscope », peut-il être « infinitésimal et grouillant d'amabilité » (AS, p. 185). Quelle figure de style aurait été mieux adaptée à un roman de la mémoire involontaire, de l'esprit qui retrouve ses souvenirs sous l'influence d'une impression qui leur est étrangère, mais qui est de la même essence qu'eux ?

« Une heure n'est pas qu'une heure, écrit Proust dans *Le Temps retrouvé*, c'est un vase rempli de parfums, de sons, de projets et de climats. Ce que nous appelons la réalité est un certain rapport entre ces sensations et ces souvenirs qui nous entourent simultanément – rapport que supprime une simple vision cinématographique, laquelle s'éloigne par là d'autant plus du vrai qu'elle prétend se borner à lui – rapport unique que l'écrivain doit retrouver pour en enchaîner à jamais dans sa phrase les deux termes différents. On peut faire se succéder indéfiniment dans une description les objets qui figuraient dans le lieu décrit, la vérité ne commencera qu'au moment où l'écrivain prendra deux objets différents, posera leur rapport, analogue dans le monde de l'art à celui qu'est le rapport unique de la loi causale dans le monde de la science, et les enfermera dans les anneaux nécessaires d'un beau style. Même, ainsi que la vie, quand, en rapprochant une qualité commune à deux sensations, il dégagera leur essence commune en les réunissant l'une et l'autre pour les soustraire aux contingences du temps, dans une métaphore [1]. »

1. *Ibid.*, p. 467-468.

Dans « Un amour de Swann », la métaphore apparaît surtout dans l'évocation de la sonate de Vinteuil. La qualité poétique de la figure rend alors sa présence indispensable : comment parler de la musique, dans un roman, sans noter des impressions ? Mais elle assume également un rôle comique, voire parodique, dont l'exemple le plus frappant est dans le portrait de Mme de Gallardon (AS, p. 188-189). Tour à tour, l'art byzantin, l'art culinaire, la botanique, la cryptographie et la gymnastique y sont mis à contribution. La variété des domaines auxquels Proust emprunte ses comparaisons est d'autant plus grande que son propos est satirique.

RIGUEUR ET LIBERTÉ.

Le style de Proust ne répugne pas, en effet, à recourir à des procédés moins nobles que ceux de la rhétorique classique. Une pensée élevée n'est pas forcément synonyme d'expression hautaine. Et si, pour Stendhal, le modèle stylistique par excellence est le Code civil, pour Proust, « le plus enivrant des romans d'amour » est « l'indicateur des chemins de fer » (AS, p. 142). Car l'écriture doit être souple et s'adapter à l'objet qu'elle décrit : un domestique ne parle pas comme une princesse ; on ne parle pas d'un domestique comme d'une princesse.

La texture même du récit est proche, par moments, du roman-feuilleton, et certains épisodes se réfèrent plus à la littérature populaire qu'aux exemples des grands prosateurs français. Épier des gens par la fenêtre, lire leur courrier à la dérobée, recevoir des lettres anonymes : qui s'attendrait à trouver, dans Proust, les poncifs du roman d'aventure ? Ils y sont, pourtant, preuves qu'« il se passe quelque chose » dans « Un amour de Swann ». Le Symbolisme, qui avait peur des événements, est bien mort.

La délicatesse d'un Swann est d'ailleurs presque unique dans la *Recherche*. Encore le prend-on, plusieurs fois, en flagrant délit de grossièreté. Autour de lui, les « fidèles », les Verdurin, les aristocrates forment une galerie de portraits et de caricatures. C'est ainsi, sous les dehors d'une grande rigueur formelle, que le récit emprunte les voies de la plus fière liberté.

V   "LE DERNIER
CERCLE DE DANTE"

LA COMÉDIE SOCIALE.

« Un amour de Swann » n'est pas seulement un roman d'amour. C'est aussi le portrait et la critique d'une société. Toutefois, Proust n'est pas un écrivain « engagé » ni un moraliste. On ne trouvera pas, dans son récit, d'analyse sociologique ou politique, de condamnation du snobisme, de déclarations sur la vulgarité de la bourgeoisie. Il ne cherche pas à réformer les mœurs, mais à les décrire. Pour emporter l'adhésion et la connivence du lecteur, il préfère recourir à l'humour des portraits, des dialogues, des situations.

LE PORTRAIT PROUSTIEN.

Le portrait, chez Proust, est d'abord la caricature d'un langage, d'un accent, d'un style. L'individu révèle plus de lui-même dans sa parole que dans son visage. Si l'aspect physique de Swann ou d'Odette est longuement décrit (AS, p.13-16 et 17-19), il en va autrement des Cottard, Forcheville, Biche et autres « fidèles », dont l'existence est tout entière contenue dans des mots, et dont nous connaissons à peine la physionomie. Le portrait de Saniette est exemplaire ; il se résume à deux phrases : « Il avait dans la bouche, en parlant, une bouillie qui était adorable parce qu'on sentait qu'elle trahissait moins un défaut de la langue qu'une qualité de l'âme,

Réception, 1890. Coll. Sirot-Angel.
« Bien qu'elle ne lui permît pas en général de la rejoindre dans des lieux publics, disant que cela ferait jaser, il arrivait que dans une soirée où il était invité comme elle – chez Forcheville, chez le peintre, ou à un bal de charité dans un ministère – il se trouvât en même temps qu'elle. »

comme un reste de l'innocence du premier âge qu'il n'avait jamais perdue. Toutes les consonnes qu'il ne pouvait prononcer figuraient comme autant de duretés dont il était incapable » (AS, p.27).

Nous sommes dans un roman : comme, au concert, on reconnaît les yeux fermés chaque instrument de l'orchestre, on devinera qui parle sans qu'aucun nom ait été cité. Le langage de chaque personnage est individualisé ; c'est lui qui dévoile le caractère.

LE CÔTÉ DE VERDURIN.

Ainsi la « Patronne » ne délivre-t-elle qu'un « flot d'expressions toutes faites » (AS, p. 39), souvent rapportées en discours indirect libre, et dont un relevé systématique pourrait constituer un dictionnaire qui aurait amusé Flaubert : « On a l'air de ne pas engendrer la mélancolie » (AS, p. 28) ; « merci du cadeau » (AS, p. 30) ; « prendre langue » (AS, p. 42) ; « sourd comme un pot » (AS, p. 44). Une simple phrase de Mme Verdurin suffit à constituer un collier de perles : « Je vous dirai que je n'aime pas beaucoup chercher la petite bête et m'égarer dans des pointes d'aiguilles ; on ne perd pas son temps à couper les cheveux en quatre ici, ce n'est pas le genre de la maison » (AS, p. 39).

Proust était friand de ces lieux communs qu'il notait dans ses carnets ou dans la marge de ses cahiers, et le premier paragraphe d'« Un amour de Swann » nous en livre, en rafale, un beau florilège, pour nous plonger sans tarder dans l'ambiance du salon Verdurin. « Petit noyau », « petit groupe », « petit clan », « enfonçait », « nouvelle recrue », « fidèles » : les guillemets sont de Proust. Mais Mme Verdurin est également caractérisée par des expressions pseudo-artistes, qui dénotent une époque (« le portrait de son sourire », AS, p. 26), par des bourdes vulgaires, qui dévoilent sa bêtise (« je jouis par les yeux », AS, p. 32), et par son rire suicidaire (AS, p. 29). Elle est le personnage le plus ridicule de ce roman de la parole creuse.

Cependant, ses comparses ne sont pas négligés, et Proust leur attribue des tics, des préciosités qu'il énumère avec cruauté et jubilation. Odette et Swann sont les seuls épargnés – on comprend pourquoi. La première ne se signale guère que par sa naïveté et par cette anglomanie qui paraît si charmante. Prendre le thé est, pour elle, un rituel (AS, p. 20 et 49) ; son écriture a une « affectation de raideur britannique » (AS, p. 52) ; elle parsème ses phrases d'anglicismes : « fishing for compliments » (AS, p. 11), « home », « smart » (AS, p. 20), « darling » (AS, p. 80), « my love » (AS, p. 149). Swann semble d'abord s'excuser de tout ce qu'il dit, par politesse, délicatesse ou discrétion. Puis il s'affirme et se révolte. Son langage devient bientôt grossier, voire scatologique (AS, p. 133-142). À Odette, il ne dit rien de profond dans un premier temps, comme s'il se conformait aux règles non écrites du milieu où il l'a rencontrée, et il se cantonne dans des banalités utilitaires (AS, p. 66). Il faut attendre de l'observer chez Mme de Saint-Euverte, dans « son monde », pour pouvoir juger de son esprit.

Cottard, toujours dubitatif, incertain des mots qu'il utilise, a recours aux locutions et aux jeux de mots tirés par les cheveux, des très mauvais calembours aux « plaisanteries de commis voyageur » (AS, p. 89) et aux « calembredaines » (AS, p. 93) : à propos d'une robe blanche, « blanche ? Blanche de Castille ? » (AS, p. 90) ; à propos d'une blague, « Blague à tabac ? » (AS, p. 101). Il a le tic de répéter « Ah ! bon, bon, ça va bien » (AS, p. 25, 43, 44).

Biche affectionne les « fariboles » (AS, p. 8), les « tirades prétentieuses et vulgaires » (AS, p. 89) : « mariages... entre femmes » (AS, p. 25), « peloter les bronzes » (AS, p. 32), « avec du caca » (AS, p. 93). On note que Swann et la princesse des Laumes s'illustrent également dans ce domaine : leurs variations sur le nom « Cambremer » sont d'un goût peu raffiné (AS, p. 203-204).

Brichot emploie un « ton rude et militaire » (AS, p. 92) : « le premier des préfets de police à poigne », « chacun en prenait pour son grade » (AS, p. 91). Les formules pédantes émaillent sa conversation : « notre ineffable république athénienne », « cette capétienne obscurantiste », « un prolétariat laïcisateur » (AS, p. 91). Sa pensée obéit à des automatismes et son discours se coule dans le moule d'une construction monotone : « cette vieille chipie de Blanche de Castille » (AS, p. 90), « ce doux anarchiste de Fénelon » (AS, p. 101), « cette bonne snob de Mme de Sévigné » (AS, p. 102). Ce sacré phraseur de Brichot...

Avec Forcheville, le portrait devient charge. Il semble accumuler en lui tous les défauts, toutes les personnalités des fidèles. C'est pourquoi il leur plaît, et c'est pourquoi Swann le trouve « immonde » (AS, p. 92). Il est le fat intégral, grossier et vulgaire comme Biche (« Je me figure que comme corps de femme... », AS, p. 103), martial comme Brichot (« un vieux troupier comme moi », AS, p. 104). Il fait des calembours que Cottard ne comprend pas (« Serpent à Sonates », AS, p. 105), et a, comme Odette, la manie des mots anglais (« le petit "speech" du peintre », AS, p. 97). Il démontre ainsi une rare capacité d'adaptation à un milieu qui n'est pas le sien : l'aristocrate devient caméléon bourgeois.

Deux personnages font exception et se caractérisent moins par leur langage que par leurs silences. M. Verdurin ne se prononce qu'après avoir consulté sa femme : « Je n'avais pas osé te le dire, mais je l'avais remarqué » (AS, p. 10), « Mais je ne dis absolument rien » (AS, p. 24). Le personnage serait-il écrasé par son épouse ? Il faut plutôt penser qu'ils ont monté un numéro de duettistes : le mari « a la prétention d'être aussi aimable que sa femme » (voir AS, p. 29, 41-42), et joue dans le registre bourru mais sympathique, taciturne mais chaleureux : « Tout pour les amis, vivent les camarades » (AS, p. 8) ; « on est entre camarades » (AS, p. 30). Quant à Saniette, ses propos ne sont rapportés qu'exceptionnellement et au style indirect (AS, p. 102). Il est la « tête de Turc » (AS, p. 121), le souffre-douleur, celui à qui l'on s'adresse, qui n'est là que pour écouter, le spectateur de cette comédie mondaine, le révélateur du sadisme des

Verdurin (AS, p. 102-103, 121-122). Sans lui, la représentation ne peut avoir lieu. Sa souffrance est un applaudissement.

LE CÔTÉ DE SAINT-EUVERTE.

Dans le portrait de l'aristocratie du faubourg Saint-Germain, le physique a plus d'importance que dans celui de la bourgeoisie. Chaque personnage appartient à une lignée, et reproduit des traits qui étaient ceux de ses aïeux. Les monocles, les robes, les regards sont ceux d'une galerie de portraits d'ancêtres dans un château de famille. Nous sommes ici dans le domaine de l'apparence, de l'illusion, de la magie, que Proust décrira plus longuement dans *Le Côté de Guermantes*. La scène est toujours celle d'un théâtre, mais d'ombres chinoises ou de mime, où la position des corps dans l'espace compte davantage que la parole.

Certes, ces personnages ne sont pas muets. Mais, si Mme de Gallardon ne peut dire une phrase sans y faire figurer une allusion à ses alliances avec les Guermantes, si la princesse des Laumes prononce « charmant » « avec un double *ch* au commencement du mot qui était une marque de délicatesse » (AS, p. 192) et fait preuve de beaucoup d'esprit, chacune veille à son sourire, à son maintien, à sa toilette. Nous sommes dans un monde feutré, élégant, poétique, observé avec la sympathie due à son prestige : quand Mme Verdurin se décroche la mâchoire en riant, la princesse des Laumes a un « éclat de rire écumant et joyeux » (AS, p. 201).

Proust, on le devine, est de parti pris et semble se ranger à l'avis de Swann : « Au fond, comme les gens du monde, dont on peut médire, mais qui tout de même sont autre chose que ces bandes de voyous, montrent leur profonde sagesse en refusant de les connaître, d'y salir même le bout de leurs doigts ! Quelle divination dans ce *Noli me tangere* du faubourg Saint-Germain ! » (AS, p. 135). Mais il ne fait pas pour autant l'apologie de l'aristocratie. Car si les nobles du salon Saint-Euverte sont plus beaux, plus spirituels, plus policés que les bourgeois du clan Verdurin, on découvrira, dans la suite du roman, qu'ils ont aussi leurs ridicules, leurs hypocrisies, leurs bassesses, et que l'on perd son temps auprès d'eux plus sûrement qu'auprès d'un Biche – qui se révélera grand peintre – ou d'un Verdurin – qui, à l'insu de presque tous, était un excellent critique d'art. Les deux mondes, qui, dans « Un amour de Swann », paraissent imperméables l'un à l'autre, finiront d'ailleurs par fusionner dans *Le Temps retrouvé*, lorsque Mme Verdurin, veuve, se remariera avec le prince de Guermantes.

LE MILIEU SOCIAL ET LES PRÉFÉRENCES ARTISTIQUES.

Si les Verdurin sont ridicules, ils font cependant partie de cette bourgeoisie de la fin du XIXᵉ siècle qui sut encourager, apprécier et comprendre les formes esthétiques qui voyaient alors le jour. Et cela seul, peut-être, les sauve de la damnation à laquelle les voue Swann lorsqu'il les place dans « le dernier cercle de Dante » (AS, p. 135). « Un amour de Swann » présente en fait trois univers esthétiques distincts.

Swann et l'aristocratie sont les tenants de la tradition classique et d'un romantisme modéré : chez Mme de Saint-Euverte, on écoute un air d'*Orphée et Eurydice* de Gluck, *Saint François parlant aux oiseaux* de Liszt, un prélude et une polonaise de Chopin, un quintette de Mozart (AS, p. 186-195). Les peintres préférés de Swann sont Giotto, Botticelli, Vermeer.

Odette se complaît dans la facilité. Elle aime cette mauvaise musique, dont Proust a fait l'éloge dans *Les Plaisirs et les Jours* : « Détestez la mauvaise musique, ne la méprisez pas. [...] Sa place, nulle dans l'histoire de l'Art, est immense dans l'histoire sentimentale des sociétés. [...] Combien de mélodies, de nul prix aux yeux d'un artiste, sont au nombre des confidents élus par la foule des jeunes gens romanesques et des amoureuses [1]. » *La Valse des roses* et *Pauvre fou* sont ses morceaux préférés (AS, p. 71). À l'Opéra-Comique, elle aime Victor Massé, compositeur de *La Reine Topaze* et d'*Une nuit de Cléopâtre* (AS, p. 82 et 137), méprisé par Swann (« cette musique stercoraire », AS, p. 138) et maltraité par la postérité. Elle joue du piano, cependant, mais ce qu'elle fait de la sonate de Vinteuil ressemble fort, encore, à de la mauvaise musique, pour laquelle Proust se découvre une inépuisable indulgence : « La vision la plus belle qui nous reste d'une œuvre est souvent celle qui s'éleva au-dessus des

1. « Éloge de la mauvaise musique », *Les Plaisirs et les Jours*, p. 121-122.

sons faux tirés par des doigts malhabiles, d'un piano désaccordé » (AS, p. 71).

Les goûts des Verdurin sont plus audacieux et plus modernes. Ils aiment l'art d'« avant-garde », le romantisme échevelé, le génie tourmenté. Biche loue Rembrandt et Hals, plus âpres, plus inquiets que Vermeer. Lui-même, qui semble jeter « au hasard des couleurs sur ses toiles » et « ignorer que les femmes n'ont pas les cheveux mauves », doit être un pair de Renoir, de Manet, de Degas : l'un des premiers impressionnistes. Pour la « Patronne », la « Neuvième » de Beethoven est « un des plus grands chefs-d'œuvre de l'univers » (AS, p. 94). C'est Beethoven, encore, avec la *Sonate « Clair de lune »*, que l'on joue dans son salon (AS, p. 131). Et, surtout, c'est Wagner, cité dès la septième ligne du texte.

WAGNER ET VINTEUIL.

Richard Wagner fut la référence musicale de cette époque. Il établissait la ligne de partage entre les anciens et les modernes, les rétrogrades et les novateurs. Certains se plaçaient sous son patronage, l'opposant aux Italiens, jugés trop frivoles et trop faciles. D'autres refusaient son influence, déclarée « germanique », et aspiraient à un style purement français. Le temple où l'on rendait un culte à son œuvre était le théâtre de Bayreuth, en Bavière. Les Verdurin, accompagnés d'Odette, feront le pèlerinage, aux frais de Swann. Et ils demanderont à leur pianiste de jouer « la chevauchée de la *Walkyrie* ou le prélude de *Tristan* »

Vermeer de Delft, *Femme debout devant son virginal.* National Gallery, Londres.
Ph. © Bridgeman-Giraudon.
« Pour Vermeer de Delft, elle lui demanda s'il avait souffert par une femme, si c'était une
femme qui l'avait inspiré, et Swann lui ayant avoué qu'on n'en savait rien, elle s'était
désintéressée de ce peintre. »

(AS, p. 8), et l'ouverture des *Maîtres chanteurs* (AS, p. 31).

Certes, Swann ne dédaigne pas Wagner, mais il n'ira pas à Bayreuth. Et les aristocrates du faubourg Saint-Germain, dans leur ensemble, détestent cette musique. Dans *Le Côté de Guermantes*, le duc de Guermantes déclare : « Wagner, cela m'endort immédiatement[1]. » Seule la duchesse lui concède du génie ; mais c'est par provocation, pour se distinguer.

Il est cependant un musicien qu'on joue, qu'on apprécie partout, aussi bien chez Mme Verdurin que chez Odette ou que chez Mme de Saint-Euverte : c'est Vinteuil. L'artiste mystérieux est, avec Swann, le seul point commun entre tous ces milieux hétérogènes. Sa sonate, qui préside aux relations de Swann et d'Odette, qui structure le récit, qui résonne de salon en salon, est comme un étalon auquel se mesureront les sentiments et les réactions de chacun. Dans un univers de mensonge, elle est la seule certitude. Il est significatif que cette certitude ait été empruntée par Proust au domaine de l'art.

1. *Le Côté de Guermantes, RTP*, t. II, p. 781.

VI   "CETTE FENÊTRE STRIÉE DE LUMIÈRE"

Emmanuel Berl a raconté comment, après la guerre, il avait un jour été injurié par Proust qui lui reprochait de croire en l'amour humain. Seule la solitude pouvait avoir quelque vertu. La conception romantique des deux cœurs qui s'unissent était une illusion. À la fin de la dispute, Proust mit le jeune homme à la porte en lui lançant ses pantoufles au visage [1]. Pour violente et inélégante qu'elle soit, cette réaction ne doit pas surprendre le lecteur d'« Un amour de Swann » : Proust a trop aimé l'amour pour ne pas en être déçu. Il ne peut plus que le condamner, le dénoncer, le chasser, dût-il s'aider, pour cela, de sa plume ou de ses pantoufles.

1. George Painter, *Marcel Proust*, t. II, p. 320.

Proust n'a pourtant rien d'un de ces censeurs du XVIIIe siècle qui, par puritanisme, interdisaient aux jeunes filles la lecture des romans d'amour : sa condamnation n'est pas morale, mais philosophique. Chaque être est seul ; c'est dans la solitude qu'il peut s'accomplir, c'est en lui-même qu'il peut découvrir le bonheur. Un couple, une famille, une société, obligés de mentir pour se survivre et se perpétuer, le détourneront de son devoir, qui est, précisément, de rechercher la vérité. Proust n'est pourtant pas non plus un misanthrope : ce bonheur, cette vérité, il les recherchera dans le comportement des hommes, dans les relations qu'ils entretiennent, et non dans l'observation d'un moi démesuré, cynique, coupé du monde.

Au roman d'amour, il préfère le roman « érotique », le roman qui parle de l'Éros, qui étudie le fonctionnement de l'amour. Son but n'est pas de raconter une belle idylle, mais de dégager du récit d'une passion les lois générales qui régissent les affections humaines. Il ne souhaite pas divertir, mais éclairer les ténèbres.

LE "CHIMISME DE SON MAL".

Pourquoi Swann souffre-t-il ? Parce que Odette est indigne de lui ? Parce qu'elle le trompe ? Ce ne sont là que des prétextes. Une autre femme les lui eût fournis, ou lui en eût fourni d'autres. Le mal n'est pas dans Odette, mais dans Swann. Il était malade avant de la connaître, blessé par la « petite phrase » de la sonate qui avait éveillé cet « amour inconnu », lequel se fixera sur Odette mais aurait pu s'attacher à une autre.

Car l'amour est une maladie. Proust en décrit tous les progrès, les rémissions, les rechutes, la guérison. Il est un mal qu'on s'inocule, un « état morbide » (AS, p. 151), comparable au « choléra » (AS, p. 206), une sorte de tumeur qui n'est pas « opérable » (AS, p. 162), c'est un « chimisme » qui fabrique de la jalousie, de la tendresse, de la pitié (AS, p. 157). Qui, pour « chanter » l'amour, a eu des mots plus cruels ? Personne, pas même les grands moralistes du XVIIᵉ siècle (Pascal, La Rochefoucauld, La Bruyère que Proust citait en exergue de L'Indifférent : « On guérit comme on se console : on n'a pas dans le cœur de quoi toujours pleurer et toujours aimer [1] »), n'a été aussi sombre.

1. L'Indifférent, p. 36.

CONTRE STENDHAL.

Stendhal, il est vrai, a lui aussi parlé des « remèdes à l'amour ». Mais, pour lui, l'amour ne devient une maladie que lorsqu'il n'est pas partagé. C'est la jalousie qui est « le plus grand de tous les

1. Stendhal, *De l'amour*, GF, 1965, p. 123.

maux[1] », puisqu'elle empêche d'aimer ; elle peut toutefois présenter certains charmes, comme de flatter la personne qui la suscite ; elle sert alors le galant, qui n'omet jamais de la faire figurer dans sa panoplie de séducteur. Car, dans *De l'amour*, Stendhal parle moins de l'amour que de la séduction et, accessoirement, du plaisir.

Sa grande idée – géniale, en vérité – est celle de la « cristallisation ». Elle lui fut inspirée par la visite d'une mine de sel à Salzbourg dans laquelle on jetait une branche qui, au bout de quelque temps, s'était couverte de cristaux semblables à des diamants. « Ce que j'appelle cristallisation, écrit Stendhal, c'est l'opération de l'esprit, qui tire de tout ce qui se présente la découverte que l'objet aimé a de nouvelles perfections[2]. » Proust ne nie point ce phénomène, même s'il n'emploie pas le mot ; il montre simplement qu'il s'applique moins à l'amour qu'à la jalousie. Si Swann, au début de sa passion, pare Odette de toutes les qualités que possède la peinture florentine mais dont est dépourvue la jeune femme, c'est pour nourrir sa jalousie qu'il s'empare de tous les indices – une lettre, un regard, un mot, un silence – et que son angoisse se cristallise autour d'eux, comme le sel autour de la branche. Pour Stendhal, la passion est un moteur. Pour Proust, elle est un frein.

2. *Ibid.*, p. 35.

Pour Stendhal, l'admiration précède l'amour. Proust dit le contraire : lorsque Swann rencontre Odette, il éprouve « une sorte de répulsion physique » (AS, p. 17), et c'est elle qu'il aimera, tandis que toutes

Écené – M.̃ du Lau – C.̃ de Broissia

Charles Haas (troisième à droite), quelques dames, quelques messieurs, et Ludovic Halévy, l'un des auteurs du livret de *Carmen*. Ph. © René-Jacques.

Charles Haas — Ludovic Halévy

les femmes qu'il avait d'abord jugées jolies ne lui auront apporté que du plaisir et du bonheur insouciants. La cristallisation lui servira précisément à corriger ce défaut initial. Et c'est dire combien cet amour est fragile, qui se fonde sur des mensonges. Ce ne sont pas les vertus, fussent-elles idéalisées, de l'être aimé qui fixent l'amour, mais le « besoin insensé et douloureux de le posséder » qu'a éveillé son absence ou ses dérobades (AS, p. 58 et 64). Ainsi, l'amour ne naît pas de ce qui nous est donné, mais de ce qui nous est refusé.

DE CARMEN À ODETTE.

C'est, nous l'avons dit, l'inversion du principe énoncé par Carmen : « Si je ne t'aime pas, tu m'aimes », et Odette a plus d'un trait commun avec la bohémienne de Mérimée – qui fut pourtant, on le sait, l'ami de Stendhal – et de Bizet.

Plusieurs détails facilitent l'identification, à commencer par le prénom de Carmen qui, sur certains brouillons de 1909, est celui d'Odette [1]. Carmen, d'abord, ne plaît pas à don José ; Odette n'est pas le genre de femmes qui attirent Swann. Avec une fleur de cassie qu'elle lui lance, la gitane enflamme l'amour de don José ; avec des catleyas, avec un chrysanthème qu'elle cueille dans son jardin et qu'elle lui offre, Odette celui de Swann (AS, p. 49). Carmen est cigarière ; Odette, peinte par Elstir, tiendra une « cigarette allumée [2] ». Carmen ment ; Odette aussi. Carmen danse et chante

1. *RTP*, t. I, p. 903, 906-908.

2. *À l'ombre des jeunes filles en fleurs*, *RTP*, t. II, p. 203.

pour don José ; Odette joue du piano pour Swann. Pour Carmen, don José déserte et se fait brigand ; pour Odette, Swann abandonne son milieu d'origine. Carmen délaisse don José et se donne à un grotesque « toréador » ; Odette néglige Swann et flirte avec le ridicule Forcheville.

Le parallèle cesse pour le final : don José tue Carmen ; Swann ne tue que son amour, tout en rêvant de poignarder Odette, à l'exemple de ce Mahomet II peint par Bellini (AS, p. 220). Mais, dans les deux cas, c'est la jalousie qui fait agir. Certes, tous ces rapprochements ne prouvent rien, et les différences sont évidemment nombreuses. La plus importante mérite d'être signalée : Carmen est une véritable amoureuse, et n'est en rien vénale. Mais, au-delà d'une trame commune aux deux récits, qui serait une sorte d'archétype du roman de la jalousie, « Un amour de Swann » rejoint *Carmen* dans la conception d'un amour qu'alimente la jalousie et non la vertu.

Le livret de *Carmen* est dû à Henri Meilhac et Ludovic Halévy. Or, Proust affirme à plusieurs reprises dans la *Recherche* que la princesse des Laumes possède un genre d'esprit qui « descend de Mérimée et a trouvé sa dernière expression dans le théâtre de Meilhac et Halévy » (AS, p. 194). Swann possède ce même esprit. Il est, ainsi, presque prédestiné à s'éprendre d'une Carmen, qui est sa créature. L'Odette que nous connaissons n'est pas la vraie Odette de Crécy, mais le personnage qu'a inventé Swann.

UN AMOUR D'ODETTE.

Car peut-être faut-il réhabiliter Odette, qui est fort calomniée dans « Un amour de Swann » sans que, jamais, on n'entende sa défense.

Que savons-nous d'elle ? Rien de plus que Swann, car tout est présenté à travers le regard de son amant qui, malgré toutes ses interrogations, ne pourra découvrir la vérité. Certes, Charlus témoignera à son tour, dans *La Prisonnière*, et ce sera encore plus accablant [1]. Mais, outre que la parole du baron est toujours sujette à caution, il ne peut être à la fois l'allié de Swann et celui d'Odette. Or, il a choisi son camp.

Pourquoi ne pas imaginer, comme Emmanuel Berl, qu'Odette, une fois rentrée chez elle, au lieu de se livrer à la débauche, s'adonne, par exemple, à la traduction de quelque roman anglais : elle parle assez bien la langue, semble-t-il. « Cela modifierait l'idée que nous nous faisons d'Odette, mais nullement l'amour de Swann [2]. »

Tout est fait pour que le lecteur s'identifie à Swann et partage son angoisse : ainsi, on ne sait jamais ce que pense Odette, si ce n'est grâce au réseau de suppositions et de conjectures qu'établit Swann. Deux fois seulement le Narrateur semble s'immiscer dans la conscience d'Odette. Mais c'est toujours pour montrer combien la vérité est impossible à connaître par les voies de l'analyse psychologique classique. La première fois, il ne s'agit que de décrire la réaction de la jeune femme lorsqu'elle ment (AS, p. 126-127). La seconde, le Narrateur s'empresse de retourner au « point de vue de Swann » (AS, p. 160-161).

1. Voir Dossier, p. 139-142.

2. Emmanuel Berl, « L'Amour », *Marcel Proust*, Hachette, Collection Génies et Réalités, 1965, p. 98.

Gentile Bellini, *Portrait de Mahomet II*. National Gallery, Londres. Ph. © Alinari-Giraudon. « Et Swann sentait bien près de son cœur ce Mahomet II dont il aimait le portrait par Bellini et qui, ayant senti qu'il était devenu amoureux fou d'une de ses femmes, la poignarda afin, dit naïvement son biographe vénitien, de retrouver sa liberté d'esprit. »

Paris : Quai d'Orléans. Photographie anonyme. Bibliothèque nationale, Paris. Coll. Paul Blondel. Ph. © Bibl. nat.

« Elle ne comprenait pas que Swann habitât l'hôtel du quai d'Orléans que, sans oser le lui avouer, elle trouvait indigne de lui. »

Ainsi, Odette reste une femme énigmatique, symbole de l'imperméabilité du monde manifeste à notre conscience.

LE ROMAN DES FENÊTRES.

Car, de même que nous observons Odette à travers le regard partial et déformant de Swann, nous ne voyons du monde que des fragments, qui arrivent jusqu'à nous comme des rais de lumière fusant d'une jalousie.

La jalousie : c'est un mal ; c'est aussi un volet, qui permet de voir sans être vu. Or, « Un amour de Swann » est le roman des fenêtres, des regards indirects, des voyeurs, de la réalité qui ne s'affronte que de biais, du désir qui ne recherche que ce qui est dissimulé.

L'image est obsédante, tout au long du récit. Le monde est vu à travers une fenêtre, comme un tableau prisonnier de son cadre : Swann, amateur de peinture, fréquente les musées. Notre vision elle-même, qui ne sait s'affranchir de ses habitudes, est captive, entravée ; elle est le principal obstacle qu'elle rencontre, ou qu'elle crée, dans son approche de l'objet désiré. Car jamais la fenêtre n'est vue de l'intérieur. Le mouvement, au contraire, part de l'extérieur. C'est un monde clos qu'on cherche à observer, à pénétrer, mais qui reste impossible à atteindre derrière la barrière, pourtant transparente, ou lumineuse, de la fenêtre.

C'est un « amoureux arrêté devant le mystère de la présence que décelaient et cachaient à la fois les vitres rallumées » (AS, p. 51) ; ce sont « les grandes fenêtres dont on ne fermait jamais les volets » de l'hôtel des Verdurin (AS, p. 57), c'est « cette fenêtre striée de lumière » de la maison d'Odette où Swann, plusieurs fois, la nuit, va frapper (AS, p. 70, 116-119, 122-123). Mais c'est aussi cette lettre qu'il lit à travers l'enveloppe (« le vitrage transparent » qui dévoile « un peu de la vie d'Odette ») : « une étroite section lumineuse pratiquée à même l'inconnu » (AS, p. 129).

Ces fenêtres sont toujours allumées, car elles sont comme l'image projetée sur les murs par cette lanterne magique que le Narrateur, enfant, admire à Combray. Elles ont partie liée avec l'obscurité, avec la nuit, avec le rêve.

« Un amour de Swann » est un récit nocturne, qui se déroule presque entièrement le soir ou la nuit, dans la pénombre, dans l'obscurité. Les seules lumières y sont artificielles, et donc factices. Swann ignore tout de l'emploi du temps d'Odette pendant le jour (AS, p. 74), et sa jalousie elle-même est une ombre, celle de son amour (AS, p. 121). Cette nuit, c'est celle de la conscience. Les images entrevues à travers les fenêtres sont celles, fugitives, de la vérité, de notre moi réel, ou, plutôt, de nos moi successifs et fragmentaires.

VII   "LA VRAIE VIE"

L'amour, chez Proust, est toujours placé sous le signe de l'art. La poésie, la peinture, la sculpture sont les modèles d'une perfection qu'un être vivant se doit de révérer, de cultiver, de posséder pour se montrer digne d'être aimé. L'art et l'amour sont en effet si intimement liés que la naissance de l'un annonce celle de l'autre, qu'elle est une condition nécessaire – mais non suffisante, comme s'empresserait d'ajouter Proust – à sa survie. Sans l'art, l'amour n'existe pas. Swann ne craint-il pas que, « désillusionnée de l'art », Odette ne le soit « en même temps de l'amour » ? (AS, p. 77.) La jeune femme ne ressemble-t-elle pas à un Botticelli ? Et Swann l'eût-il aimée si elle avait été un Rubens ? Cet amour n'est-il pas, dans un premier temps, avant de s'appliquer à une femme de chair et de sang, celui d'un esthète sentimental pour une « petite phrase » musicale ?

UN RÊVE DE SWANN.

Swann est un artiste raté. Toute l'explication de son caractère, et de sa souffrance, est là. « Adolescent, il se croyait artiste. » Mais ces « aspirations » ont été dissipées par une « vie frivole » (AS, p. 74). L'amour, pour lui, est devenu le septième art, aussi cérébral, aussi sensuel que les autres – un art dans lequel, peut-être, il pourra enfin exceller. Le plaisir lui-même, dit-il, est « imaginaire » (AS, p. 71). « Il appartenait à cette catégorie d'hommes intelligents qui ont vécu dans l'oisiveté et qui cherchent une consolation et peut-être une excuse dans l'idée que cette oisiveté offre à leur intelligence des objets aussi dignes d'intérêt que pourrait faire l'art ou l'étude, que la "Vie" contient des situations plus

Botticelli,
La fille de Jethro, détail
des *Deux filles de Jethro*.
Chapelle Sixtine, Vatican.
Ph. © Anderson-Giraudon.
« ... le plaisir fut plus
profond – et devait
exercer sur Swann une
influence durable –, qu'il
trouva à ce moment-là
dans la ressemblance
d'Odette avec la Zéphora
de ce Sandro di Mariano
auquel on donne plus
volontiers son surnom
populaire de Botticelli... »

intéressantes, plus romanesques que tous les romans » (AS, p. 13).

Mais, en vérité, Swann ne vit pas son roman, et il ne l'écrit pas non plus. Comme tous les dilettantes, comme tous les velléitaires, il le rêve. Le mot « rêverie » revient souvent pour désigner ses pensées lorsqu'elles tournent autour d'Odette : « sa rêverie heureuse » (AS, p. 65), « une rêverie voluptueuse » (AS, p. 70), « des rêveries romanesques » (AS, p. 21). L'amour naît dans un songe. Et c'est pourquoi un songe le brisera. Le récit s'achève sur un rêve de Swann, où celui-ci comprend le dilemme dans lequel il vit. Encore une fois, Proust associe le rêve au roman : « comme certains romanciers, il avait distribué sa personnalité à deux personnages, celui qui faisait le rêve, et un qu'il voyait devant lui coiffé d'un fez » (AS, p. 252).

La confusion entre la vie et l'art, ce refus de choisir entre les deux l'ont conduit – lui et non Odette, comme il le redoutait, mais il lui prêtait ses propres appréhensions – aux plus grandes désillusions.

Car la « Vie » – le mot, dans son esprit, prend une majuscule – n'est pas là où il l'imagine. Partout il la recherche. Il croit l'avoir trouvée chez les Verdurin. « Quel charmant milieu, se disait-il. Comme c'est au fond la vraie vie qu'on mène là ! Comme on y est plus intelligent, plus artiste que dans le reste du monde ! » (AS, p. 85). Il se ravise lorsque ce milieu entre en conflit avec son amour : « En somme la vie qu'on menait chez les Verdurin et qu'il avait appelée si souvent "la vraie vie" lui semblait la pire de toutes, et leur petit noyau le dernier des milieux » (AS, p. 135).

Ce n'est pas de l'inconstance ; c'est de l'aveuglement. Pour Proust, la « vraie vie » est ailleurs, là, précisément, où Swann n'a pas le courage d'aller la chercher : « La vraie vie, la vie enfin découverte et éclaircie, la seule vie par conséquent pleinement vécue, c'est la littérature [1]. »

1. *Le Temps retrouvé*, *RTP*, t. IV, p. 474.

LE MUSÉE IMAGINAIRE.

Proust a insisté sur cette « disposition particulière » que Swann « avait toujours eue à chercher des analogies entre les êtres vivants et les portraits des musées » (AS, p. 180). Odette est un Botticelli, les domestiques de l'hôtel Saint-Euverte sont des Mantegna, des Dürer ou des Cellini (AS, p. 181-183). De même, il retrouve dans les tableaux du Louvre les personnages qui l'entourent : dans un Ghirlandaio, il voit M. de Palancy ; dans un Tintoret, le docteur du Boulbon (AS, p. 53).

La vie, encore elle, est ici contaminée par l'art, mais c'est tout le regard d'une société qui est déformé. Proust le signale à plusieurs reprises : Swann voit le monde comme l'ont vu les peintres qu'il aime, de même que les Cottard sont habitués à une « école de peinture à travers laquelle ils [voient] dans la rue même les êtres vivants » (AS, p. 40), de même que les admirateurs de Renoir rencontrent partout des femmes, des ciels qui semblent issus de ses tableaux [2]. Le regard de Swann n'est pas celui d'un artiste, car il s'applique, avec la rigidité d'une mécanique, à ce qui est déjà connu, et, surtout, il ne débouche sur rien de concret : son étude sur Vermeer,

2. *Le Côté de Guermantes*, *RTP*, t. II, p. 623.

Mantegna, *Saint Jacques devant Hérode Agrippa* (1451). Église des Eremitani, Padoue. Ph. © Anderson-Giraudon.

« À quelques pas, un grand gaillard en livrée rêvait, immobile, sculptural, inutile, comme ce guerrier purement décoratif qu'on voit dans les tableaux les plus tumultueux de Mantegna, songer, appuyé sur son bouclier, tandis qu'on se précipite et qu'on s'égorge à côte de lui. »

Fête des Acacias, donnée au Palais rose par le comte et la comtesse de Castellane, le 2 juillet 1896. Ph. Sartony-D.R. Coll. Sirot-Angel.

abandonnée puis reprise, ne verra jamais le jour. Swann est un artiste raté, car stérile.

Il cherche simplement, dans la tradition de l'hypocrisie, à parer du prestige de l'art ce qui en est indigne. Le désir sensuel qu'il éprouve a plus d'élégance, plus de poésie s'il est lié à la Renaissance florentine que s'il s'achète dans une maison de rendez-vous. Swann paie Odette, mais c'est un Botticelli qu'il acquiert. Ainsi, il évite de se mépriser lui-même, et il se croit collectionneur.

La critique de Proust rejoint ici celle qu'il adressait en 1905 à John Ruskin, dans sa préface à *Sésame et les lys*. Quelle est la fonction de l'art ? N'est-il qu'un objet d'étude, un décor, un simple témoin de l'époque qui lui a donné le jour ? Est-il une conclusion, ou une introduction ? Proust répond en parlant de la lecture, mais son analyse est également valable pour la peinture ou pour la musique. Il accuse Ruskin, aveuglé par son amour du livre en tant qu'objet, de « fétichisme » : pour lui, comme pour le lettré, « le livre n'est pas l'ange qui s'envole aussitôt qu'il a ouvert les portes du jardin céleste, mais une idole immobile, qu'il adore pour elle-même, qui, au lieu de recevoir une dignité vraie des pensées qu'elle éveille, communique une dignité factice à tout ce qui l'entoure [1] ». N'est-ce pas, aussi, l'erreur et le péché de Swann ?

1. « Journées de lecture », *Pastiches et mélanges*, p. 183.

LA RELIGION DE L'ART.

Un ange, le jardin céleste, un péché : le langage est celui de la religion, car, en définitive, c'est bien de salut ou de damnation qu'il s'agit dans « Un amour de Swann ». La problématique n'est pas aussi ouvertement chrétienne : Proust ne se pose que très rarement la question de l'existence de Dieu. Mais dans un livre, *À la recherche du temps perdu*, qui s'intitula d'abord *L'Adoration perpétuelle*, la dimension religieuse ne peut être négligée. La passion (le mot n'est pas innocent) de Swann est la punition de sa faute : il a adoré une idole.

De la première à la dernière page, il est en quête de rédemption, ou de ce « pardon » qu'il espère que les « grands artistes » lui accorderont (AS, p. 54). Le rite principal de la liturgie qu'il crée pour expier, c'est l'audition de la sonate de Vinteuil, musique sacrée de cette religion de l'art. Mais il a perdu la foi : elle lui eût apporté la vision de l'ineffable, elle eût irrigué sa vie, dont la sécheresse est dénoncée à plusieurs reprises : « Swann trouvait en lui, dans le souvenir de la phrase qu'il avait entendue, dans certaines sonates qu'il s'était fait jouer, pour voir s'il ne l'y découvrirait pas, la présence d'une de ces réalités invisibles auxquelles il avait cessé de croire et auxquelles, comme si la musique avait eu sur la sécheresse morale dont il souffrait une sorte d'influence élective, il se sentait de nouveau le désir et presque la force de consacrer sa vie » (AS, p. 36-37 ; voir aussi p. 72 et 156).

En écoutant la musique de Vinteuil, cependant, Swann est d'abord incapable d'ouvrir en grand « les portes du jardin céleste » et de suivre l'ange dans son vol, ou, s'il quitte parfois le sol, c'est pour y retomber bientôt, tel Icare, car il ne fait appel qu'à son intelligence d'homme du monde, non à sa sensibilité d'artiste. « Et comme dans la petite phrase il cherchait cependant un sens où son intelligence ne pouvait descendre, quelle étrange ivresse il avait à dépouiller son âme la plus intérieure de tous les secours du raisonnement et à la faire passer seule dans le couloir, dans le filtre obscur du son ! » (AS, p. 72).

L'ART AU MÉPRIS DE L'INTELLIGENCE.

Or, cette idée est chère à Proust : l'intelligence n'est pas grand-chose. « Chaque jour j'attache moins de prix à l'intelligence, écrit-il dans ses brouillons. Chaque jour je me rends mieux compte que ce n'est qu'en dehors d'elle que l'écrivain peut ressaisir quelque chose de nos impressions passées, c'est-à-dire atteindre quelque chose de lui-même et la seule matière de l'art [1]. » Lorsque Swann, vaincu par la souffrance, cessera de faire appel au raisonnement, lorsqu'il se sera laissé submerger par la musique chez Mme de Saint-Euverte, ou lorsqu'il s'abandonnera au rêve dans les dernières pages du récit, il découvrira la vérité qu'il aura passé tant d'années à chercher par l'intelligence. Qui était Odette ? le trompait-elle ? avec qui ? La sonate de Vinteuil avait déjà répondu à toutes ses questions. Mais il ne l'avait pas vraiment écoutée.

Chez Mme de Saint-Euverte, elle le prend en traître. Et comme le Narrateur reconquiert son passé en goûtant un

1. *Contre Sainte-Beuve*, p. 211.

morceau de madeleine trempé dans du thé, Swann retrouve son amour en écoutant la « petite phrase » : « Au lieu des expressions abstraites "temps où j'étais heureux", "temps où j'étais aimé", qu'il avait souvent prononcées jusque-là et sans trop souffrir, car son intelligence n'y avait enfermé du passé que de prétendus extraits qui n'en conservaient rien, il retrouva tout ce qui de ce bonheur perdu avait fixé à jamais la spécifique et volatile essence » (AS, p. 208). L'intelligence a abdiqué. L'art a vaincu. Et Swann cesse d'aimer Odette.

Mais n'est-ce pas aussi la vie qui triomphe, là où on ne l'attendait plus ? « Peut-être est-ce le néant qui est le vrai et tout notre rêve est-il inexistant, mais alors nous sentons qu'il faudra que ces phrases musicales, ces notions qui existent par rapport à lui, ne soient rien non plus. Nous périrons, mais nous avons pour otages ces captives divines qui suivront notre chance. Et la mort avec elles a quelque chose de moins amer, de moins inglorieux, peut-être de moins probable » (AS, p. 215). La méditation de Proust débouche ici sur une des plus belles pages de la *Recherche*, sur l'une des plus grandes découvertes de sa métaphysique.

Si nous ne pouvons connaître la réalité de l'homme (constituée de tant d'âmes, de tant de moments, de tant d'images, de tant d'impressions) par l'intelligence, il ne reste qu'un refuge à la vérité : l'art, la littérature, qui seuls peuvent espérer capter et resti-tuer un peu d'éternité. Swann le comprend, mais il est trop tard pour qu'il puisse se sauver. Et, dans la *Recherche du temps perdu*, il est – avec Charlus – l'une des figures du damné. Son exemple, cependant, aidera le Narrateur à trouver sa voie et à réaliser sa vocation.

VIII "MOI-MÊME QUELQUES ANNÉES PLUS TARD"

« Un amour de Swann » n'est pas un récit fermé sur lui-même et il ne s'achève pas avec sa dernière page. Au contraire, sa conclusion est une introduction. Après elle peut commencer, dans la *Recherche du temps perdu*, l'histoire du Narrateur. Ce serait une erreur que de considérer le pessimisme et le cynisme apparents de l'œuvre comme le message ultime de Proust.

Les « mystères » de la narration ne sont d'ailleurs pas tous dévoilés à la fin. C'est que l'intrigue doit se poursuivre dans les volumes suivants, jusque dans *Le Temps retrouvé*, qui est le couronnement, l'explication, la résolution de toute la *Recherche du temps perdu*.

LES PRÉPARATIONS.

Ainsi, pour Charlus. Pourquoi Swann, d'habitude si jaloux, n'hésite-t-il pas à confier Odette à la garde du baron ? Ne craint-il pas que Charlus devienne, lui aussi, l'amant de la jeune femme ? Proust répond : « Entre M. de Charlus et elle, Swann savait qu'il ne pouvait rien se passer » (AS, p. 171). Cette explication, pourtant, ne satisfait pas le lecteur, et peut paraître comme une facilité employée par un romancier à court d'imagination.

Proust a dévoilé ce mystère en 1914, dans une lettre à Henri Ghéon : « Parce que je suis obligé de rassembler dans mon premier volume – comme des chevaux au poteau – tout ce qui chez mes personnages se modifiera au cours du temps, le premier volume, le "départ" paraît trop chargé. N'eût-il pas été grossier et trop simple de marquer d'avance pour le lecteur mon plan ? Certaines personnes trouvent que j'ai repris une situation bien banale, en montrant Swann confiant naïvement sa maîtresse à M. de Charlus, qui, croient ces lecteurs, trompe Swann. Or ce n'est pas cela du tout. M. de Charlus est un vieil homosexuel qui remplira presque tout le troisième volume et Swann dont il a été amoureux au collège sait qu'il ne risque rien en lui confiant Odette. Mais j'ai mieux aimé passer pour banal dans ce premier volume que d'y "annoncer" une chose que je suis alors censé ne pas savoir [1]. »

1. *Corr.*, t. XIII, p. 25.

Ainsi est introduit dans l'œuvre, discrètement, un thème important, qui tendra à se développer de manière envahissante. Odette, elle-même, reconnaît plus ou moins avoir eu des relations charnelles avec Mme Verdurin. Cet aveu, s'il n'était relié à tout ce qui sera dit sur le sujet dans *Sodome et Gomorrhe*, pourrait être considéré – si l'on se place dans le contexte de l'époque – comme une obscénité gratuite. Il est une simple préparation.

Jean Béraud, *Intérieur de pâtisserie*. Musée Carnavalet, Paris. Ph. © Bulloz © ADAGP, 1991.

« ... elle irait probablement prendre du chocolat chez Prévost avant de rentrer. »

Le salon du duc de La Trémoïlle. Coll. part. Ph. © René-Jacques.

Les principaux thèmes de l'œuvre sont ainsi annoncés dans « Un amour de Swann » : la mondanité, qui sera peinte plus longuement dans *Le Côté de Guermantes*, l'amour et la jalousie, qui resurgiront, plus violents, dans *La Prisonnière*, l'oubli, dont les voies seront étudiées dans *Albertine disparue*, la résurrection du passé et le salut par l'art, qui formeront la conclusion du *Temps retrouvé*. « Un amour de Swann » apparaît ainsi comme une maquette à échelle réduite du roman.

PRÉFIGURATION DES AMOURS DU NARRATEUR.

Swann, dans un premier temps, sera un modèle pour le Narrateur, qui reproduira dans ses amours les erreurs commises par son aîné. Enfant, il admirera les gravures représentant des fresques de Giotto que lui a offertes Swann. Adolescent, il s'éprendra de Gilberte, fille de Swann et Odette, puis de Mme de Guermantes, dont l'esprit est si semblable à celui de Swann.

Adulte, il aimera Albertine, et les rapports qu'il entretiendra avec la « jeune fille en fleur » sembleront calqués sur ceux d'Odette et Swann. Les similitudes sont innombrables, jusque dans le détail. Swann achète l'amour d'Odette avec des bijoux. Le Narrateur tentera de conserver celui d'Albertine en lui offrant un voilier. Swann fait subir un interrogatoire à Odette, pour tenter de savoir si elle a des amants ou des maîtresses. Le Narrateur pratiquera avec la même cruauté envers Albertine ou son amie Andrée. Swann écoute avec angoisse la sonate de Vinteuil. Le Narrateur interroge le septuor du même compositeur pour y rechercher la vérité sur l'être qui le fait souffrir.

Mais, sur le seuil de la vieillesse, il découvrira ce que Swann n'a pas su apercevoir, et il écrira un livre : les plus belles années de sa vie n'auront pas été gâchées, puisqu'il les retrouvera, à la fois intactes et métamorphosées par l'écriture, et qu'il parviendra ainsi à s'affranchir du temps.

UN POST-SCRIPTUM.

Ainsi, c'est au Narrateur qu'il reviendra de tirer la leçon d'« Un amour de Swann », longtemps après la mort du héros, quand Odette sera une vieille femme et qu'elle lui confiera la « vérité » : « "Pauvre Charles, il était si intelligent, si séduisant, exactement le genre d'hommes que j'aimais." Et c'était peut-être vrai. Il y avait eu un temps où Swann lui avait plu, justement celui où elle n'était pas "son genre". À vrai dire "son genre", même plus tard, elle ne l'avait jamais été. Il l'avait pourtant alors tant et si douloureusement aimée. Il était surpris plus tard de cette contradiction. Elle ne doit pas en être une si nous songeons combien est forte dans la vie des hommes la proportion des souffrances par des femmes "qui n'étaient pas leur genre". Peut-être cela tient-il à bien des causes ; d'abord, parce qu'elles ne sont pas "votre genre" on se laisse d'abord aimer sans aimer, par là on laisse prendre sur sa vie une habitude qui n'aurait pas eu lieu avec une femme qui eût été "notre genre" et qui, se sentant désirée, se fût disputée, ne nous aurait accordé que de rares rendez-vous, n'eût pas pris dans notre vie cette installation dans toutes nos heures qui plus tard, si l'amour vient et qu'elle vienne à nous manquer, pour une brouille, pour un voyage où on nous laisse sans nouvelles, ne nous arrache pas un seul lien mais mille. Ensuite, cette habitude est sentimentale parce qu'il n'y a pas grand désir physique à la base, et si l'amour naît le cerveau travaille bien davantage : il y a un roman au lieu d'un besoin. Nous ne nous méfions pas des femmes qui ne sont pas "notre genre", nous les laissons nous aimer, et si nous les aimons ensuite, nous les aimons cent fois plus que les autres, sans avoir même près d'elles la satisfaction du désir assouvi. Pour ces raisons et bien d'autres, le fait que nous ayons nos plus gros chagrins avec les femmes qui ne sont pas "notre genre" ne tient pas seulement à cette dérision du destin qui ne réalise notre bonheur que sous la forme qui nous plaît le moins. Une femme qui est "notre genre" est rarement dangereuse, car elle ne veut pas de nous, nous contente, nous quitte vite, ne s'installe pas dans notre vie, et ce qui est dangereux et procréateur de souffrances dans l'amour, ce n'est pas la femme elle-même, c'est sa présence de tous les jours, la curiosité de ce qu'elle fait à tous moments ; ce n'est pas la femme, c'est l'habitude [1]. »

1. *Le Temps retrouvé*, *RTP*, t. IV, p. 598-599.

« Il y a un roman au lieu d'un besoin. » Mais ce n'est pas ce roman-là que Proust a écrit. En observant Odette – et Swann, et tous les personnages qui peuplent son œuvre –, il a dégagé, à leur insu, les lois de leur vie [1]. Ainsi son livre devient-il un miroir, dans lequel chaque lecteur peut contempler son image et lire son destin.

1. *Ibid.*, p. 600.

DOSSIER

I. BIOGRAPHIE

Marcel Proust naît à Auteuil le 10 juillet 1871, fils du docteur Adrien Proust (1834-1903), agrégé de médecine et grand hygiéniste, et de Jeanne Weil (1849-1905), une femme cultivée, sensible, l'être qu'il aimera « le plus au monde ». Il aura un frère, Robert, appelé à devenir, lui aussi, un médecin réputé. Son enfance, son adolescence, sa jeunesse sont celles d'un membre de la haute bourgeoisie d'alors : jeux aux Champs-Élysées, scolarité au lycée Condorcet, villégiatures en Normandie (Houlgate, Cabourg), à Auteuil ou à Illiers, près de Chartres, quelques vers, quelques articles dans des revues au tirage confidentiel, un volontariat militaire à Orléans en 1889, une vie mondaine qui s'annonce brillante, et des affections hésitantes : amours très chastes avec des jeunes filles, passions platoniques pour des courtisanes – dont Laure Hayman, l'un des modèles d'Odette –, amitiés exigeantes avec de nombreux jeunes gens. Mais, à l'âge de dix ans, il est victime d'une première crise d'asthme, maladie dont il souffrira, sans répit, jusqu'à sa mort.

Il publie son premier livre en 1896 : *Les Plaisirs et les Jours*, recueil de nouvelles, de proses, de vers mis en musique par son ami Reynaldo Hahn, qui passe inaperçu. Sans cesser d'écrire (un roman, *Jean Santeuil*, qu'il laissera inachevé, des nouvelles, des articles littéraires, mondains ou d'actualité, des pastiches dont un recueil paraîtra en 1919 sous le titre : *Pastiches et mélanges*), il se consacre ensuite à la traduction de deux livres du critique d'art anglais John Ruskin : *La Bible d'Amiens* en 1904, *Sésame et les lys* en 1906. À la mort de sa mère, il renonce à poursuivre ces travaux et, dès 1908, entreprend la rédaction de son œuvre majeure, *À la recherche du temps perdu*.

Le premier tome, *Du côté de chez Swann*, paraît chez Bernard Grasset en 1913. Après la guerre seront publiés, aux éditions de la Nouvelle Revue française, dirigées par Gaston Gallimard, les autres volumes du roman : *À l'ombre des jeunes filles en fleurs* en 1919 (qui lui vaudra le prix Goncourt et élargira son public), *Le Côté de Guermantes* en 1920 et 1921, *Sodome et Gomorrhe* en 1921.

Il meurt d'une pneumonie, le 18 novembre 1922. Les derniers volumes de la *Recherche du temps perdu* seront publiés sans qu'il ait pu les revoir ni les corriger, mais son roman est un livre achevé et complet : *La Prisonnière* en 1923, *Albertine disparue* en 1925, *Le Temps retrouvé* en 1927.

Proust n'est pas l'écrivain coupé du monde qu'on imagine parfois. Il a voyagé : la Hollande ou Venise l'ont accueilli plusieurs fois. Il a entretenu une correspondance importante avec ses amis ou ses pairs. Il a été l'un des premiers défenseurs de Dreyfus ; il a condamné la loi de séparation des Églises et de l'État, au nom de principes esthétiques. Il n'est pas non plus le mondain amateur qu'on s'est plu à décrire. S'il a toujours fréquenté les salons et les dîners en ville – avec une assiduité relâchée, mais même pendant la Première Guerre mondiale –, il n'a jamais non plus cessé d'écrire. Et s'il ne fait pas partie de l'« avant-garde » (il est hostile à toute forme d'hermétisme), il saura déceler le génie des Ballets russes ou celui de Picasso. Il accueille avec fascination toutes les inventions modernes : le téléphone, l'automobile, l'avion. Seul le cinéma le laissera, semble-t-il, indifférent. On ne peut nier, cependant, que son œuvre soit celle d'un solitaire : elle a mûri, loin des écoles et des coteries, dans la nuit et le silence d'une chambre de malade.

II. LA GENÈSE

I. EXTRAIT DE *JEAN SANTEUIL* : STENDHAL ET L'AMOUR.

Dès *Jean Santeuil*, Proust lie son étude de l'amour à une réfutation des conceptions stendhaliennes. Un bref texte du roman inachevé expose les raisons de cette critique.

Stendhal qui est si matérialiste, pour qui les choses en dehors de nos dispositions, même de nos dispositions physiques, semblent avoir une importance réelle pour nous – « nous sommes moins heureux qu'en..., quoique nous ayons le punch à la romaine » (il faudrait pour un idéaliste, à la place : l'appétit) « telle personne par ses conversations m'apportait, etc. » – a toujours mis au-dessus de tout l'amour qui pour lui semble faire un avec la vie intérieure. Ce qui fait qu'on aime la solitude, qu'on y a mille pensées, que la nature nous devient compréhensible et éloquente, pour lui c'est l'amour. Il semble n'avoir connu la poésie que sous la forme de l'amour. Nous ne pouvons pas aller jusque-là. L'amour, en effet, ressemble à la poésie par l'affranchissement des autres, le replongement dans la solitude, le charme dans la nature. Mais c'est une phase bizarre de la vie que cette sujétion de la poésie, qui exclut toute préoccupation individuelle, à un individu, cette unité de la nature ramenée à une double individualité. Un individu, si remarquable fût-il – et dans l'amour il n'a généralement rien de remarquable – n'a aucun droit à limiter ainsi notre vie intérieure. Il n'y a aucun rapport réel et profond entre tel profil, momentanément charmant pour nous, et notre vie intérieure. Les pensées entre lesquelles il s'interpose et qui se groupent autour de lui ne lui appartiennent à

(*Jean Santeuil*, Gallimard, « Bibliothèque de la Pléiade », p. 745-746.)

aucun titre. Nous ne pouvons voir là-dedans rien de réel. Et pourtant c'est bien toute notre vie intérieure qui se trouve ainsi systématisée, de sorte que l'univers se trouve une sorte d'attelage à conduire à deux. Et il est incontestable qu'un artiste, qu'un philosophe, qu'un poète peut tout d'un coup, sans que cela vienne d'une diminution de génie qui l'abaisserait à sa chétive personnalité, à des individualités, peut voir tout d'un coup sa pensée dédoublée et systématisée de cette manière bizarre, pendant des mois quelquefois.

II. EXTRAIT DE *JEAN SANTEUIL* : LA PETITE PHRASE.

L'amour de Jean Santeuil pour Françoise ressemble à celui de Swann pour Odette. Il connaît les mêmes exaltations, les mêmes tourments, le même déses-poir. Vinteuil n'existe pas encore, mais Saint-Saëns a créé une musique qui accompagne les amants dans leur « maladie ».

« Rentrons, avait dit Jean, j'aimerais tant t'embras-ser. » Maintenant ils étaient tous deux dans la chambre, mais Françoise s'était assise loin de lui. Et Jean, semblable à ceux qui veillent un être cher qu'une longue maladie affaiblit lentement avant de l'emporter, Jean contemplait avec une attention anxieuse et découragée leur amour finissant, les progrès du mal dont il avait espéré que leur amour guérirait, et qui chaque jour emportait un peu de ses forces sans rien lui ôter de ses souffrances. Parfois sans doute leur amour paraissait se relever un peu, les yeux de Françoise lui souriaient alors et s'il savait ne plus pouvoir [y] trouver une lueur d'espoir, il y cherchait encore comme un reflet douloureux du passé. Il goûtait [ces] retours d'un instant avec le bonheur désolé et pieux de ceux qui entendent encore parler, qui voient essayer de

(Ibid, p. 816-819.

marcher encore celui qui bientôt ne sera plus. Mais ces instants d'un bonheur perdu d'avance devenaient de plus en plus courts, de plus en plus rares. Les querelles douloureuses se répétaient, devenaient plus longues, une fois calmées faisaient souffrir encore comme ces plaies des gangrenés qui ne se referment plus. Et pareilles à ces maladies d'où un jeune homme se relève plus fort mais auxquelles succombe le tempérament épuisé de celui qui a derrière lui une longue vie, ces querelles, qui rafraîchissent et exaltent un amour naissant, conduisaient de plus en plus vite à sa fin leur amour qui avait tant duré.

Il restait assis loin d'elle, n'osant s'approcher, ne sachant pas s'il réveillait l'amour ou la haine qui semblaient dormir. Tout d'un coup elle se leva. Il crut qu'elle venait à lui. Mais elle s'arrêta devant le piano, s'assit et joua. Aux premières notes une angoisse extraordinaire le saisit, il fit une grimace pour ne pas pleurer. Mais au bord de ses yeux des larmes brillantes se montrèrent, qui, voyant l'âpreté glaciale du dehors, rentrèrent et ne se laissèrent pas couler. Il avait reconnu cette phrase de la sonate de Saint-Saëns que presque chaque soir au temps de leur bonheur il lui demandait et qu'elle lui jouait sans fin, dix fois, vingt fois de suite, exigeant qu'il reste contre elle pour qu'elle pût l'embrasser sans s'interrompre, éclatant de rire quand, faisant mine de s'arrêter, il lui disait : « Encore, encore », ce rire qui retombait tendrement de ses yeux et de ses lèvres sur lui, doux comme une pluie chaude de baisers. Loin d'elle, tout seul, n'ayant pas eu un baiser ce soir et n'osant pas en demander, il écoutait cette phrase dont le divin sourire déjà au temps de leur bonheur lui paraissait désenchanté. Mais alors leur amour avait vite fait de noyer la tristesse, ce pressentiment qu'il était fragile, dans la douceur de sentir qu'ils le gardaient intact. La tendresse de chacun s'inquiétait ensemble de la vie mais non point l'une de l'autre, et le chagrin d'entendre que tout passe rendait plus profond le bonheur de sentir leur amour durer. Ils entendaient que cette phrase passait, mais ils la sentaient passer comme une caresse. Alors, comme ils savaient jouer ensemble avec elle, la tristesse était légère à leur amour. Elle était si lourde maintenant que Jean s'appuyait contre le fauteuil pour ne pas tomber et tendait les nerfs de ses joues comme des bras forts pour ne pas laisser tomber les larmes suspendues, dans le vertige infini des sanglots. Cependant à la phrase désolée qui disait que tout passe, la tristesse paraissait rester aussi légère. Son cours rapide et pur ne s'était pas un instant ralenti. Et si jadis il semblait que c'était dans le pli d'un regret qu'elle faisait passer devant eux la douceur de leur amour, maintenant le désenchantement dernier, le désespoir irrémédiable, le néant final où elle l'entraînait, il lui semblait que c'était avec la grâce d'un sourire. Ainsi tout avait changé, tout ce qui faisait sa vie était mort et lui-même sans doute mourrait bientôt ou vivrait une vie pire que la mort, mais la petite phrase délicieuse continuerait à [se] répandre d'un cours aussi rapide, [aussi] pur, pour enivrer l'amour de ceux qui commencent à aimer, pour empoisonner le chagrin de ceux qui n'aiment plus. Tout avait changé autour d'elle, mais elle n'avait pas changé. Elle avait duré plus longtemps que leur amour, elle durerait plus longtemps qu'eux. Bien longtemps après eux, des amants confiants iraient comme d'autres au fond des bois chercher au bord de sa source un bonheur qu'ils croiraient complice du leur, invoquer le génie mystérieux de ses eaux. Il y avait donc quelque chose de plus durable que leur amour. Peut-être cet amour alors n'était pas bien réel ? Qu'était-ce donc, cette chose qui, déjà triste dans le bonheur, restait heureuse dans la tristesse, et pouvait survivre à ces coups auxquels lui ne se croyait pas la force de survivre ? Qu'était-ce ? La phrase était finie. Il lui demanda : « Recommence-la une fois. » Mais elle dit énervée : « Non, c'est assez. » Il insista. Elle dit vivement : « Mais pourquoi, pourquoi ? » Enfin de mauvaise humeur elle recommença. Mais sa mauvaise humeur l'avait gagné. Il sentait la petite phrase courir, se rapprocher du moment où elle serait finie, sans avoir vu apparaître la petite âme paisible, désenchantée, mystérieuse et souriante, qui survivait à nos maux et semblait supérieure à eux, à qui il voulait demander le secret de sa durée et la douceur de son repos.

Jean eut tort ce soir-là de croire que la petite phrase avait écouté tant de fois l'autre année, sans en rien retenir, les transports amoureux de leur silence. Il eut tort de croire qu'elle ne garderait rien d'eux. Dix ans plus tard, un jour d'été, comme il passait dans une petite rue du faubourg Saint-Germain, il entendit d'abord le son d'un piano et sa destinée l'arrêta. Il écouta la petite phrase de Saint-Saëns sans d'abord bien la reconnaître, mais il sentait en lui une grande fraîcheur, comme si tout d'un coup il était redevenu plus jeune. Et c'était l'air chaud et frais, plein d'ombre, de rayons et de songes, de l'été où il avait été si heureux, qu'il respirait, car, n'ayant plus jamais ressenti la douceur de ces jours anciens, elle avait gardé en lui l'âge qu'il avait alors et c'est de ce temps-là, intacte et fraîche, qu'elle lui arriva tout d'un coup. La petite phrase se pressait, et maintenant comme autrefois elle lui était douce. Si au temps de son bonheur elle avait anticipé par sa tristesse sur le temps de leur séparation, au temps de leur séparation par son sourire elle avait anticipé sur le temps de son oubli.

Il avait oublié Françoise. Ce fut sans chagrin qu'il entendit la phrase et, si elle évoqua le nom de Françoise, ce ne fut pas à elle qu'elle fit surtout penser, car elle ne pouvait plus rien lui dire. Dans sa mémoire elle restait belle, mais elle était devenue comme un profil dessiné. Et il n'essaya pas de penser à elle. Mais il pensait sans fin avec un grand désir, avec un grand bonheur, avec un grand amour, à l'été de cette année-là, à la douceur profonde des heures au bord du lac du bois de Boulogne, sur la terrasse de Saint-Germain, à Versailles, à tous les lieux où elle lui avait joué cette phrase, où il s'était souvenu de cette phrase, où il avait désiré d'aller, pendant qu'elle la lui jouait souvent chez elle avant de partir, quand il faisait encore trop chaud pour ces promenades. Car la nature, plus riche que Françoise, gardait encore des trésors profondément cachés de mystère et de vie. Et il voulait partir pour le lac du Bois, pour Saint-Germain, pour Versailles où jadis il allait chercher dans l'image équivoque des horizons la réalité de l'amour dont il avait porté en lui si longtemps le désir inquiet et la douloureuse ressemblance. Il voulait retrouver ces heures où même avant de la connaître, marchant seul sur la terrasse de Saint-Germain, au moment où la nuit ajoutait son mystère et son ombre à l'ombre et au mystère de la forêt, il avait senti le besoin d'aimer quelque chose et une curiosité infinie, voluptueuse et triste comme ces arbres, ces eaux, ces villages, ce ciel qui s'étendaient devant lui. Alors, dans une angoisse vague, il marchait seul dans les chemins. Il pensa à tout cela, mais maintenant il était trop tard pour lui, c'était à d'autres à ressentir tout cela. L'amour l'avait vieilli avant l'âge (d'ailleurs l'âge venait aussi), vieilli du moins pour aimer. Et si, pour satisfaire une curiosité réveillée par la petite phrase qui avait conservé tant de pouvoir sur son cœur et gardé tant des secrets de sa vie, il goûta ce charme tranquille des choses innocentes et silencieuses qui convient à la vieillesse, il n'y retrouva plus cette vague envie d'aimer qui, mêlée à la beauté de la nature, ajoute au sentiment de sa grandeur par la puissance qu'elle a de nous inspirer le désir de l'amour, et au sentiment de sa tristesse par l'impuissance où elle est de le satisfaire.

III. UNE ESQUISSE D'"UN AMOUR DE SWANN"

Il fut un temps où Odette s'appelait Sonia. C'était en 1909, dans une des premières esquisses d'« Un amour de Swann ». Ce texte, extrait du Cahier 31, est composé de plusieurs reprises successives, dont certaines ont été barrées et abandonnées par Proust.

Notre transcription suit le manuscrit. Elle respecte la ponctuation de Proust, sauf lorsque celle-ci rend la phrase incohérente ou incompréhensible, et elle n'efface pas les aspérités d'une rédaction qui est un premier jet. Certains mots, omis par l'auteur ou rendus illisibles par l'usure du papier, ont toutefois été restitués entre crochets. Pour combler quelques lacunes, nous avons eu recours à une transcription partielle, réalisée à une époque où le document était moins abîmé, et publiée par Maurice Bardèche (*Marcel Proust romancier*, t. I, p. 405-411).

On reconnaîtra, sous forme condensée, quelques-uns des thèmes d'« Un amour de Swann » et les grandes articulations du récit, qui se prolonge, au-delà du mariage de Swann et Odette, jusqu'à la naissance de leur fille. La fin de ce texte, où figure la citation d'Hérodote (« Étranger, va dire à Sparte... », *Histoire*, Livre VII), sera d'ailleurs reprise et développée dans *À l'ombre des jeunes filles en fleurs* (*RTP*, t. I, p. 504-507 ; voir *Esquisses VIII*, p. 1008-1009, et *XV*, p. 1019-1020).

Mais un jour Swann se maria et se maria fort mal, avec une femme qui n'était pas une cocotte

(Bibliothèque nationale, Nouvelles acquisitions françaises 16671, folios 1 à 14.)

mais n'en valait guère mieux. Ma grand-tante crut tout simplement qu'il s'était marié dans ce fameux « milieu bon pour un jeune homme » qu'elle croyait qu'il fréquentait mais en réalité absolument en deh[ors]

Ce fragment interrompu est biffé par Proust d'un trait oblique.

Dans le « monde » où l'intelligence, si ce n'est pas chez quelqu'un de « né » qu'elle se rencontre, apparaît comme une sorte de synonyme de la ruse et de la rouerie, après avoir constaté qu'un nouveau venu qu'elles ont rencontré chez la duchesse de X, où il est très choyé, a des dons artistiques ou une certaine érudition, les personnes chez qui il n'a pas été immédiatement mettre des cartes disent : « Oh ! il est intelligent, il fera son chemin », comme un adjudant recevant une recrue et disant : « Vous êtes poète ? Vous allez être fort sur la théorie. » Et on cherchait déjà quelle jeune fille du faubourg Saint-Germain pourvue d'une grosse dot et jolie [il] allait épouser, en marchant pour cela s'il le fallait sur un grand nombre de cadavres. Hélas ce fut tout le contraire qui arriva, un beau jour on apprit que Swann avait épousé sinon une cocotte, au moins une veuve entretenue qui ne valait guère mieux. Ma grand-tante y vit naturelle-ment une confirmation à l'idée qu'elle s'était faite qu'il s'était marié dans ce monde où fréquente un jeune homme, qu'elle supposait le sien, mais en réalité c'était tout le contraire. Il rompait, pour se marier, avec ses relations.

C'était une femme merveilleusement belle qu'on voyait quelquefois aux courses, aux concerts, allée des Acacias, à un moment elle faisait arrêter sa voiture à deux chevaux et descendait l'allée à pied suivie de deux grands lévriers. Elle

Ce dernier paragraphe, inachevé, a également été barré par Proust.

Quand il l'avait connue ce n'était pas d'elle mais d'une fille du peuple honnête et charmante qu'il était épris. Du moins il le croyait. Elle allait tous les soirs chez des amis où elle l'avait fait inviter et où il allait la retrouver. Elle voulait venir le chercher, lui ne voulait pas, préférant voir après le dîner la fillette dont il était épris et qui le conduisait en voiture jusqu'à la porte de la soirée. Mais la soirée finie il la ramenait chez elle. Peut-être inconsciemment, ne voulant pas la fatiguer de lui, préférait-il ne pas la voir toute la soirée et tenait-il plus à la ramener de la soirée qu'à l'y conduire, pour ne pas avoir à supposer qu'elle ne rentrait pas et finissait la nuit avec d'autres. Peut-être éprouvait-il cette impuissance inquiète où nous nous sentons de remplir la grande idée de charme qu'un être à qui nous plaisons a formée de nous et aimait-il qu'elle lui dise : « Mais on ne peut jamais vous voir, on ne se connaîtra jamais, on n'a jamais le temps de causer. » Et pourtant il commençait à sentir que toutes les maisons où elle n'allait pas, c'est-à-dire le monde, il ne trouvait plus jamais un instant pour y aller et que, où qu'elle allât, tout était immédiatement arrangé pour qu'il y aille, non pas tout le temps de façon à se faire désirer, mais à la fin pour avoir cet apaisement de la reconduite. Il la reconduisait jusqu'à son hôtel de Passy et quand il la quittait elle le rappelait, détachait une rose du jardin, la lui donnait, l'embrassait devant le cocher, en lui disant : « Est-ce que je m'occupe des autres ? » Et il rentrait enivré. Il aimait ces gens chez qui il la rencontrait, leur était reconnaissant de l'inviter avec elle, de lui dire à elle du bien de lui ; leur esprit sans cela assez méchant sur les autres l'amusait ; on faisait de la musique assez ardente pendant laquelle elle le regardait ; il y eut bientôt chaque semaine des parties à la campagne pour lesquelles il était toujours libre, où on restait tard à prendre le frais dans la demi-obscurité, on lui proposait ouvertement de la ramener. Il trouvait ce milieu infiniment plus agréable que le monde. Que de bonté, que d'esprit, de goût, d'art, de bonne musique, quelle entente agréable de la vie, quelles jolies parties arrangées dans ce Saint-Cloud, ce Saint-Germain, ce Versailles qu'on n'aimait pas assez. Un jour où on le décommanda, les maîtres de maison ne pouvant donner leur soirée, il le sut trop tard, courut chez elle, elle était sortie, [il] ne savait pas où la rejoindre, fit courir la voiture comme un fou dans tout Paris. Il sentit que la soirée avait dû avoir lieu mais qu'on trouvait qu'il s'affichait trop avec elle, ou plutôt qu'on favorisait ce comte de Forcheville avec qui elle avait trouvé un prétexte pour revenir l'autre soir. L'hameçon qu'il avait avalé sans le savoir le mordit. Il était pris et ne devait plus pouvoir s'en débarrasser. Les X ne l'invitèrent plus que rarement. Et quand il partait la reconduisant, il sentait qu'on lui disait : « À demain à Ville-d'Avray », où on ne l'invitait pas. Alors le milieu des X lui parut aussi atroce qu'il lui avait paru charmant. Il y pensait avec joie, il y pensa avec tristesse, ce n'était plus un lien avec elle mais un obstacle entre eux. Elle ne disait plus « Nous nous verrons ce soir, je vais chez les X et tu me ramèneras » mais « Nous ne nous verrons pas ce soir, je vais chez les X et je ne sais pas à quelle heure j'en sortirai ». L'esprit, la finesse, la grâce avec laquelle les X le vantaient à elle, il sentit qu'il *[sic]* était employé maintenant sinon à la prêcher, du moins à lui vanter Forcheville, que c'était vers lui que la musique lui faisait jeter un brûlant regard, lui qui peut-être à Ville-d'Avray lui touchait la main dans l'obscurité. Maintenant elle n'aurait pas pu se plaindre qu'on n'avait plus le temps de se voir, il n'avait plus jamais rien à faire qu'à attendre le moment où elle viendrait le voir. Si elle voyageait, il achetait des cartes des pays où elle était et contemplait les routes, calculait les distances, regardait les heures des trains, avait sans cesse près de lui le précieux arsenal de guides, de cartes et d'indicateurs, qui renfermait la possibilité de l'atteindre. « Je peux bien la rejoindre puisqu'on a fait ce guide. Si on indique qu'il y a un train pour Montmorency, c'est que ce n'est pas une chose impossible ni anormale d'aller à Montmorency. En somme si j'y allais je ne ferais que ce que font toutes les personnes pour qui cet indicateur est fait, elle ne pourrait s'en froisser. Tout de même si elle me voyait arriver... Pourtant elle ne peut m'empêcher d'aller à Montmorency. Si je ne la connaissais pas autant, elle ne serait pas étonnée ou à peine de me rencontrer à Montmorency, peut-être cette rencontre lui ferait-elle plaisir comme hélas notre première rencontre, tous nos rendez-vous jusqu'à il y a un mois, comme lui font maintenant tous ses rendez-vous avec Forcheville. »

Il prit en haine les X, l'esprit, le goût de la musique, le goût de la campagne, Ville-d'Avray. Il l'entretint.

Nous insérons ici, suivant les indications de Proust, un long développement inachevé rédigé sur trois versos du cahier :

Il se disait « Je l'aime moins », il se disait « Je n'ai eu la dernière fois presque aucun plaisir à être dans son lit », et ce soir il l'avait trouvée presque laide. Et il était sincère. Mais il y avait longtemps que son amour s'était étendu bien au-delà de son corps, pour que même s'il la trouvait un jour laide il cessât pour cela de l'aimer. Toute une vaste zone de ses pensées, de ses occupations et aussi de ses pensées à elle, de ses occupations à elle, de leurs relations communes, des journées, des rêves d'avenir, même du souci d'après la mort, tout cela maintenant s'était chargé d'une telle quantité de son amour que la beauté de son corps n'en était plus le seul dépositaire et que pour le tuer maintenant qu'il avait crû et multiplié, et envahi toute sa vie, c'est toute sa vie même qu'il aurait fallu exténuer et tuer. Comme on dit en chirurgie, le mal avait gagné, il n'était plus opérable. Sans doute cet amour ne se présentait pas à lui comme une idée nette, ni comme une voluptueuse sensation. Et quand il se demandait s'il aimait, il pouvait ne voir devant lui que du vide et ne répondre que non. Mais pour avoir changé de forme cet amour n'existait pas moins, il n'était invisible qu'à ses yeux à lui et pourtant présent et reconnaissable à l'agitation où le mettait une lettre d'elle, à la fièvre avec laquelle il l'attendait, à l'élimination automatique dans ses journées de toutes les occupations autrefois chères, désirées ou même sacrées, où elle n'était pas, et au temps, à l'activité, à la liberté, à l'énergie qui se créait soudain pour le besoin de la fonction dès qu'il en fallait pour se trouver près d'elle, ou pour aller à quelque endroit où elle pourrait être heureuse — ou malheureuse — qu'il fût, qui occuperait sa pensée. Cependant il l'entretenait complètement. Parfois il se disait « Je suis trop bête, je paie le plaisir des autres, qu'elle fasse attention, je ne lui donnerai rien cette fois-ci ». Il lui proposait de louer avec elle une maison de campagne. Elle ne disait ni oui ni non, n'en parlait plus. Son imagination travaillait. Il la voyait déjà la louant avec un autre. Dans sa colère il essayait d'imaginer pire, pour mieux la flageller, la faire souffrir. Il ne manquerait plus maintenant qu'elle me propose de la lui payer pour l'autre, ah ! elle verrait, il eût souhaité cela mais savait que c'était invraisemblable. Quelques jours après un mot d'elle lui annonçait qu'elle allait passer l'été avec un de ses amis près de Gand et qu'elle aurait bien besoin d'argent. Il lui écrivait des injures, aurait voulu la faire coffrer pour qu'elle ne pût partir. Mais au bout de quelques jours une autre image qu'il avait d'elle, de sa beauté, de sa douceur, de sa tristesse, de son admiration pour lui, de sa grande confiance en lui lui revenait. Alors il s'attendrissait, se disait qu'elle le prendrait en grippe s'il était aussi odieux, et se rappelait que des femmes qu'il avait aimées, quand il ne les aimait plus, il n'avait plus de ces colères, trouvait tout cela tout naturel, et c'était celles-là qu'il l'aimait *[sic]*. Puis des lectures, d'autres pensées le sortaient de son amour. Il se disait qu'il savait pourtant bien qu'elle ne l'aimait pas, pourquoi s'acharnait-il à vouloir par des cruautés en tirer des paroles d'amour qu'elle ne pourrait lui dire. Et alors dans un renoncement à être aimé, ne lui demandant plus de réciprocité, il la retrouvait charmante, douce, bonne, il se disait « Pauvre petite », voulait la voir et regrettait par sa lettre d'injures de s'en être ôté la possibilité. Il sentait que tout ce qu'elle pouvait avoir pour lui c'était de l'amitié, de l'estime et que c'était plus par sa bonté qu'il la conquerrait et il lui envoyait l'argent de la location. De sorte qu'elle avait de lui tout ce qu'elle voulait sans jamais rien faire de ce qu'il voulait. À ses refus, il répondait par des refus ; mais la renaissance spontanée des doux rêves qu'il avait faits sur elle et de sa tendresse pour elle suffisait pour lui faire éprouver l'irrésistible besoin de la rendre heureuse, de lui faire plaisir, de ne pas lui paraître inférieur à ce qu'il avait été jusqu'ici. Et il ne pouvait se décider à lui donner mille francs de moins que le mois précédent. Sans doute il était jaloux, mais il était si intelligent qu'il se représentait *[inachevé]*

Nous reprenons la suite du paragraphe interrompu par cette addition. En vérité, sur le manuscrit, il n'y a aucune solution de continuité, pas même un alinéa, entre *// l'entretint* et ce qui suit.

Il retourna dans le monde, pensant mieux lui plaire. Elle exigeait, à quelque heure qu'il en sortît, qu'il vînt passer une heure chez elle. Il en était heureux. Il était heureux, tandis qu'on le croyait rentré chez lui, de partir chez elle, il se disait « C'est ainsi que sont les amours parfaites ». Il ne voulait pas savoir qui elle avait vu avant. Pendant ce long trajet en voiture découverte jusqu'à Passy il se disait : « Ah, l'amour fait coucher tard » et était heureux de sentir que ses actions étaient des actions d'homme aimé. Aimé ? Il ne le croyait pas mais aimait à le dire au très petit nombre de ceux à qui il se confiait. Il aimait à dire : « Il me semble pourtant qu'elle m'aime, elle est si gentille avec moi. » Les hommes qui aiment ne disent jamais « j'aime », c'est parler d'eux, qui ne les intéresse pas. Ils disent « elle est bonne, elle est spirituelle », c'est parler d'elle. Et ils négligent de dire que les bontés qu'elle a, par combien de bontés plus grandes ils les ont achetées, que l'esprit qu'ils lui trouvent, combien d'autres l'ont plus grand chez lesquelles ils ne le remarquent même pas. Si elle lui disait : « Je te défends de plus aller chez telle personne », il en était ravi, sans bien croire que c'était une preuve d'amour, mais il aimait pouvoir dire comme s'il était aimé : « Non je ne peux plus aller chez les X. Je vous dirai que cela déplaît à Sonia. Elle [ne] me permet absolument [pas] d'y aller. » Il aimait à dire des choses d'homme qu'on aimerait, non certes par vanité mais parce que c'était une douceur de pouvoir jouer un moment ce personnage, d'avoir à louer une automobile pour la voir pendant la nuit, de ne plus pouvoir aller chez les Y. Il l'épousa. Elle continua à mener la même vie. Elle allait avec n'importe qui, avec un monsieur qu'elle apercevait au Bois, elle faisait arrêter sa voiture. De sorte que souvent quand on était avec elle venaient la saluer des gens dont elle était bien embarrassée de dire le nom. Comme elle ne pouvait pas dire : « C'est celui qui m'a prise hier dans le train de Chartres », elle inventait une maison où elle l'aurait rencontré. Quelques jours plus tard on rencontrait l'inconnu, ne sachant que lui dire on lui parlait des X où elle l'avait rencontré et naïvement il vous disait : « Mais je ne les connais pas. » De chagrin en chagrin Swann finit par s'habituer, par l'aimer moins, ou du moins par ne plus en être amoureux. Car il l'aima toujours et dans les derniers temps, quand elle était si changée, si impossible à trouver belle pour quelqu'un qui la voyait, son regard, la dégageant immédiatement de cet embonpoint [dont] ses soins n'avaient pas été capables de la préserver, il disait : « Ma belle Sonia, ma bonne Sonia », caressant de la pensée une statue idéale, belle et bonne, celle de son amour à lui et de sa bonté à lui.

Quand elle lui avait fait une scène et l'avait renvoyé, il revenait, il disait : « Je n'ai pas besoin de son corps, mais je deviendrais fou si je ne savais pas ce qui se passe dans cette petite tête. Et puis comment fera-t-elle sans moi ? Elle ne sait pas tenir sa maison, elle se fera voler par ses domestiques, elle n'a pas de goût pour s'habiller. » Il lui reconnaissait les défauts qui prouvaient son impartialité et qu'il était beaucoup dans sa vie. Quand ils allaient quelque part ensemble on les prenait pour des amoureux et le fait qu'on crût qu'elle l'aimât, dans le cerveau des gens qui n'étaient pas comme lui intéressés à le croire, lui donnait comme une sorte de réalité objective.

Il l'épousa. Elle continua etc.

Mais il lui était né une fille. Il l'adora. Ce fut comme s'il chérissait en elle ce bonheur de son amour qu'il n'avait pu atteindre et qui en elle était comme incarné ; car jusque dans la ressemblance de son visage où parfois c'était sa mère et parfois son père qui semblait dominer, elle mêlait étroitement, elle confondait, unifiait en un nouvel être, leurs deux cœurs que la vie n'avait pas unis. Personne ne recevait Mme Swann. Je me rappelle qu'un jour de courses où j'étais allé me promener avec Papa au Bois, comme la sortie se faisait assez difficilement, nous vîmes tout à coup une femme d'une éclatante beauté, toute en blanc avec des bijoux et un chapeau de plumes blanches qui s'avançait comme une reine suivie d'une cour de cinq à six hommes pendant que le pauvre Swann cherchait sa voiture qu'on ne pouvait trouver. Le valet de pied avait dû attendre à une autre sortie. Il commençait à pleuvoir, il n'y avait plus de voitures. Swann qui cherchait passa près de nous. Sous les feuillages verts avec un coin de ciel bleu au-dessus de sa tête, elle était magnifique, comme elle semblait d'une autre époque. Il fut embarrassé en nous voyant. « Je ne peux pas trouver la voiture de ma femme », dit-il en rougissant. Papa lui offrit notre fiacre, Swann se confondit en remerciements, voyant que la pluie commençait et sa femme étant délicate de la gorge. Elle nous adressa un charmant sourire. Je la trouvai sublime et mes parents fous de ne pas la fréquenter. Et comme la notion des situations sociales est un peu vague chez les enfants, le fait que Maman ne pût pas la fréquenter ne lui enlevait en rien de son prestige. Cela l'augmentait encore en agrandissant la distance qui la séparait de moi et que faisaient déjà si grande sa merveilleuse beauté, son luxe, ses chevaux, l'espèce de gloire qui l'entourait et qui faisait se retourner tout le monde quand elle descendait à pied l'allée des Acacias de ses pas majestueux. À partir de ce moment-là, je [trouvais] dans mes promenades toujours un prétexte pour entraîner mon institutrice ou Maman du côté de l'[allée] des Acacias et je faisais un grand salut à Mme Swann. [L']émotion, au moment où je l'apercevais, de sentir que tous ces gens qui la regardaient, aux yeux de qui je ne comptais pas allaient me voir, allaient reporter sur moi l'attention qu'ils portaient [sur] elle me faisait battre le cœur, au point que je ne sais pas ce qui l'emportait en moi en ce moment-là, du snobiomo ou do l'amour. Mes parents étaient furieux de [ce] que je les obligeais à faire, et Mme Swann, qui n'a[vait] pas l'habitude d'être saluée par des « familles », [me] regardait avec un sourire où je croyais qu'il y avait du mépris mais où je crois bien plutôt maintenant qu'il y avait de la reconnaissance. C'est curieux à dire mais j'ai [connu] plus tard de grands artistes et ce qui est beaucoup moins flatteur des personnes « considérables ». Mais le [frisson] du grand artiste ne m'a été donné que par un peintre de quatre sous et le frisson de la femme considérable par une personne qui n'aurait pas pu réunir dix [hommes] chez elle. Et encore je ne suis pas bien sûr que ce ne soit pas l'émotion préalable causée par leur double célébrité qui m'ait conduit à l'admiration de la peinture de l'un et de la [beauté] de l'autre. À partir de ce retour des courses, il fut convenu que Papa connaissait Mme Swann *[lacune]* les choses changeaient peu à peu. Quoique Swann avec une infinie délicatesse n'eût pas voulu demander à ses relations (à qui il avait demandé tant d'autres choses) de venir chez lui, Mme Swann, elle, voulait absolument se faire une position. Naturellement elle ne pensait pas à inviter d'anciennes amies de son mari chez qui il continuait du reste à aller seul, la princesse de Sagan ou la duchesse de Doudeauville. Recevoir la femme d'un député radical, celle d'un grand industriel lui paraissait déjà une merveille. Et comme un homme qui aime s'identifie avec celle qu'il aime et dont il a épousé la vie, Swann qui avait accès dans le milieu le plus choisi, le plus trié, où il était lui-même un des plus difficiles, faisait maintenant mille frais pour la femme d'un substitut dont sa femme avait fait la connaissance, était flatté de la recevoir, et lui qui taisait avec modestie qu'il connaissait le comte de Chambord répétait à satiété à mon père « Oui, c'est le substitut S, vous savez bien, il est charmant, plein d'esprit », pour un crétin à qui il n'eût pas adressé la parole. Cependant, Mme Swann, comme un assiégeant qui multiplie ses sorties de tous les côtés à la fois, précipitait en guise d'engins de siège ses cartes de visite chez tous les concierges où il y avait possibilité qu'elle le fît. Cela se faisait dans le monde de Swann et celui de Forcheville quoique ce ne fût pas le même ; cela se faisait moins dans le monde du substitut et toutes les personnes avec qui elle y dînait, y trouvant le lendemain à la même heure, comme un avertissement mystérieux ou comme une réclame de fabricant, un nombre incalculable de cartes des Swann, étaient un peu étonnées. Maman s'amusait beaucoup d'entendre raconter par mon père quand il revenait de dîner chez les Swann les recrues nouvelles qu'ils avaient faites et qui devenaient assez brillantes, même nobles, des nobles de quatrième catégorie dont Swann nous vantait avec satisfaction les quartiers, lui qui quelques années avant savait à merveille que c'étaient des gens de rien. C'était à croire que c'était un nouvel homme. Et pourtant il avait gardé *son jour* chez Mme de Sagan, chez d'autres où il allait déjeuner comme autrefois. Maman considérait les nouvelles recrues de Swann comme des espèces de trophées rapportés par Mme Swann, qui avait en effet l'air d'une magnifique guerrière, d'expéditions. Quand Papa lui disait un nouveau nom, elle disait : « Rapporté de la dernière expédition contre les Machotuland. » Au fur et à mesure que des relations plus belles se solidifiaient, on espaçait un peu les précédentes. Seuls quelques personnages obscurs du début restaient, dont toujours au moins un était des dîners brillants. Quand Papa citait l'un d'eux au retour d'un dîner où il disait naïvement : « Je ne sais pas ce qu'il y faisait », Maman disait : « Mais si, c'est *étranger*, *va dire à Sparte* ». Elle prétendait que le plaisir des gens qui s'élèvent à des milieux plus brillants que leur milieu primitif ne serait pas complet si ce milieu primitif ne le savait pas. Aussi invite-t-on toujours dans ce genre de maisons un « témoin » pris dans ledit milieu primitif ou dans une zone intermédiaire et dont le rôle est d'aller chez la femme de l'avoué dire : « Eh bien, devinez avec qui j'ai dîné chez les X ? Avec la princesse de XXX ! » À quoi la femme de l'avoué répond aigrement : « Grand bien lui fasse ! » – ce qui signifie « Que la peste l'étouffe » – ou : « J'aime mieux que ce soit elle que moi » – ce qui signifie « J'aimerais mieux que ce fût moi qu'elle ».

Une petite phrase qui n'a pas inspiré celle de Vinteuil : Reynaldo Hahn, manuscrit de la *Pavane d'Angelo*. © Ph. Collection Sirot-Angel.

III. SWANN APRÈS *SWANN*

I. EXTRAIT DE *LA PRISONNIÈRE*.

Précurseur du « Nouveau Roman », Proust aime à faire raconter une même histoire par plusieurs personnages. Il ne recherche pas, cependant, la complémentarité des points de vue, mais à prouver que les témoignages humains ne sont pas fiables, et que la vérité est impossible à obtenir par des voies d'investigation traditionnelles.

Dans *La Prisonnière*, l'aventure de Swann est résumée par M. de Charlus, après la mort de son héros. Sa « version des faits » est bien différente de celle rapportée dans « Un amour de Swann ». Il faut dire que le baron s'est lancé dans une « causerie » sur l'homosexualité...

« Comment ? Vous avez connu Swann, baron, mais je ne savais pas. Est-ce qu'il avait ces goûts-là ? » demanda Brichot d'un air inquiet. – Mais est-il grossier ! Vous croyez donc que je ne connais que des gens comme ça ? Mais non, je ne crois pas », dit Charlus les yeux baissés et cherchant à peser le pour et le contre. Et pensant que, puisqu'il s'agissait de Swann dont les tendances si opposées avaient été toujours connues, un demi-aveu ne pouvait être qu'inoffensif pour celui qu'il visait et flatteur pour celui qui le laissait échapper dans une insinuation : « Je ne dis pas qu'autrefois au collège, une fois par hasard », dit le baron comme malgré lui et comme s'il pensait tout haut, puis se reprenant : « Mais il y a deux cents ans, comment voulez-vous que je me rappelle ? Vous m'embêtez », conclut-il en riant. « En tous cas il n'était pas joli, joli ! » dit Brichot, lequel, affreux, se croyait bien et trouvait facilement les autres laids.

(À la recherche du temps perdu, Gallimard, « Bibliothèque de la Pléiade », t. III, p. 803-804.)

« Taisez-vous, dit le baron, vous ne savez pas ce que vous dites, dans ce temps-là il avait un teint de pêche et, ajouta-t-il, en mettant chaque syllabe sur une autre note, il était joli comme les amours. Du reste il est resté charmant. Il a été follement aimé des femmes. – Mais est-ce que vous avez connu la sienne ? – Mais voyons, c'est par moi qu'il l'a connue. Je l'avais trouvée charmante dans son demi-travesti, un soir qu'elle jouait Miss Sacripant ; j'étais avec des camarades de club, nous avions tous ramené une femme, et bien que je n'eusse envie que de dormir, les mauvaises langues avaient prétendu, car c'est affreux ce que le monde est méchant, que j'avais couché avec Odette. Seulement, elle en avait profité pour venir m'embêter, et j'avais cru m'en débarrasser en la présentant à Swann. De ce jour-là elle ne cessa plus de me cramponner, elle ne savait pas un mot d'orthographe, c'est moi qui faisais les lettres. Et puis c'est moi qui ensuite ai été chargé de la promener. Voilà, mon enfant, ce que c'est que d'avoir une bonne réputation, vous voyez. Du reste je ne la méritais qu'à moitié. Elle me forçait à lui faire faire des parties terribles, à cinq, à six. » Et les amants qu'avait eus successivement Odette (elle avait été avec un tel, puis avec un tel – ces hommes dont pour pas un seul le pauvre Swann n'avait rien su, aveuglé par la jalousie et par l'amour, tour à tour supputant les chances et croyant aux serments, plus affirmatifs qu'une contradiction qui échappe à la coupable, contradiction bien plus insaisissable et pourtant bien plus significative, et dont le jaloux pourrait se prévaloir plus logiquement que de renseignements qu'il prétend faussement avoir eus, pour inquiéter sa maîtresse), ces amants, M. de Charlus se mit à les énumérer avec autant de certitude que s'il avait récité la liste des rois de France. Et en effet le jaloux est, comme les contemporains, trop près, il ne sait rien, et c'est pour les étrangers que la chronique des adultères prend la précision de l'histoire, et s'allonge en listes, d'ailleurs indifférentes, et qui ne deviennent tristes que pour un autre jaloux, comme j'étais, qui ne peut s'empêcher de comparer son cas à celui dont il entend parler et qui se demande si pour la femme dont il doute une liste aussi illustre n'existe pas. Mais il n'en peut rien savoir, c'est comme une conspiration universelle, une brimade à laquelle tous participent cruellement et qui consiste, tandis que son amie va de l'un à l'autre, à lui tenir sur les yeux un bandeau qu'il fait perpétuellement effort pour arracher sans y réussir, car tout le monde le tient aveuglé, le malheureux, les êtres bons par bonté, les êtres méchants par méchanceté, les êtres grossiers par goût des vilaines farces, les êtres bien élevés par politesse et bonne éducation, et tous par une de ces conventions qu'on appelle principe. « Mais est-ce que Swann a jamais su que vous aviez eu ses faveurs ? – Mais voyons, quelle horreur ! Raconter cela à Charles ! C'est à faire dresser les cheveux sur la tête. Mais, mon cher, il m'aurait tué tout simplement, il était jaloux comme un tigre. Pas plus que je n'ai avoué à Odette, à qui ça aurait, du reste, été bien égal, que... allons, ne me faites pas dire de bêtises. Et le plus fort c'est que c'est elle qui lui a tiré des coups de revolver que j'ai failli recevoir. Ah ! j'ai eu de l'agrément avec ce ménage-là ; et naturellement c'est moi qui ai été obligé d'être son témoin contre d'Osmond, qui ne me l'a jamais pardonné. D'Osmond avait enlevé Odette, et Swann pour se consoler, avait pris pour maîtresse, ou fausse maîtresse, la sœur d'Odette. Enfin, vous n'allez pas commencer à me faire raconter l'histoire de Swann, nous en aurions pour dix ans, vous comprenez, je connais ça comme personne. C'était moi qui sortais Odette quand elle ne voulait pas voir Charles. Cela m'embêtait d'autant plus que j'ai un très proche parent qui porte le nom de Crécy, sans y avoir naturellement aucune espèce de droit, mais qu'enfin cela ne charmait pas. Car elle se faisait appeler Odette de Crécy et le pouvait parfaitement, étant seulement séparée d'un Crécy dont elle était la femme, très authentique celui-là, un monsieur très bien qu'elle avait ratissé jusqu'au dernier centime. Mais voyons, c'est pour me faire parler, je vous ai vu avec lui dans le tortillard, vous lui donniez des dîners à Balbec. Il doit en avoir besoin, le pauvre : il vivait d'une toute petite pension que lui faisait Swann, et je me doute bien que depuis la mort de mon ami, cette rente a dû cesser complètement d'être payée. [...] »

II. DÉDICACE À JACQUES DE LACRETELLE.

C'est sur un exemplaire de _Du côté de chez Swann_ que Proust nota, le 20 avril 1918, cette longue dédicace à Jacques de Lacretelle qui lui avait demandé quelles étaient les « clefs » de son livre.

Cher ami, il n'y a pas de clefs pour les personnages de ce livre ; ou bien il y en a huit ou dix pour un seul ; de même pour l'église de Combray, ma mémoire m'a prêté comme « modèles » (a fait poser) beaucoup d'églises. Je ne saurais plus vous dire lesquelles. Je ne me rappelle même plus si le pavage vient de Saint-Pierre-sur-Dives ou de Lisieux. Certains vitraux sont certainement les uns d'Évreux, les autres de la Sainte-Chapelle et de Pont-Audemer. Mes souvenirs sont plus précis pour la Sonate. Dans la mesure où la réalité m'a servi, mesure très faible à vrai dire, la petite phrase de cette Sonate, et je ne l'ai jamais dit à personne, est (pour commencer par la fin), dans la soirée Saint-Euverte, la phrase charmante mais enfin

(_NRF_, 1er janvier 1923, p. 201-203, repris dans _Essais et articles_, Gallimard, « Bibliothèque de la Pléiade », p. 564-565.)

médiocre d'une sonate pour piano et violon de Saint-Saëns, musicien que je n'aime pas. (Je vous indiquerai exactement le passage qui revient plusieurs fois et qui était le triomphe de Jacques Thibaud). Dans la même soirée un peu plus loin, je ne serais pas surpris qu'en parlant de la petite phrase j'eusse pensé à l'Enchantement du Vendredi Saint. Dans cette même soirée encore (page 241) quand le piano et le violon gémissent comme deux oiseaux qui se répondent, j'ai pensé à la Sonate de Franck (surtout jouée par Enesco) dont le *quatuor* apparaît dans un des volumes suivants. Les trémolos qui couvrent la petite phrase chez les Verdurin m'ont été suggérés par un prélude de *Lohengrin* mais elle-même à ce moment-là par une chose de Schubert. Elle est dans la même soirée Verdurin un ravissant morceau de piano de Fauré. Je puis vous dire que (soirée Saint-Euverte) j'ai pensé pour le monocle de M. de Saint-Candé à celui de M. de Bethmann (pas l'Allemand – bien qu'il le soit peut-être d'origine – le parent des Hottinguer), pour le monocle de M. de Forestelle à celui d'un officier frère d'un musicien qui s'appelait M. d'Olonne, pour celui du général de Froberville au monocle d'un prétendu homme de lettres – une vraie brute – que je rencontrais chez la princesse de Wagram et sa sœur et qui s'appelait M. de Tinseau. Le monocle de M. de Palancy est celui du pauvre et cher Louis de Turenne qui ne s'attendait guère à être un jour apparenté à Arthur Meyer, si j'en juge par la manière dont il le traita un jour chez moi. Le même monocle de Turenne passe dans *Le Côté de Guermantes* à M. de Bréauté, je crois. Enfin j'ai pensé, pour l'arrivée de Gilberte aux Champs-Élysées par la neige, à une personne qui a été le grand amour de ma vie sans qu'elle l'ait jamais su (ou l'autre grand amour de ma vie car il y en a eu au moins deux) Mademoiselle Bénardaky, aujourd'hui (mais je ne l'ai pas vue depuis combien d'années) princesse Radziwill. Mais bien entendu les passages plus libres relatifs à Gilberte au début de *À l'ombre des jeunes filles en fleurs* ne s'appliquent nullement à cette personne, car je n'ai jamais eu avec elle que les rapports les plus convenables. Un instant, quand elle se promène près du Tir aux Pigeons, j'ai pensé pour Mme Swann à une cocotte admirablement belle de ce temps-là qui s'appelait Clomesnil. Je vous montrerai des photographies d'elle. Mais ce n'est qu'à cette minute-là que Mme Swann lui ressemble. Je vous le répète, les personnages sont entièrement inventés et il n'y a aucune clef. Ainsi personne n'a moins de rapports avec madame Verdurin que madame de Briey. Et pourtant cette dernière rit de la même façon. Cher ami, je vous témoigne bien maladroitement ma gratitude de la peine touchante que vous avez prise pour vous procurer ce volume, en le salissant de ces notes manuscrites. Pour ce que vous me demandez de copier, la place manquerait mais si vous le voulez je pourrai le faire sur des feuilles détachées que vous intercalerez. En attendant je vous envoie l'expression de mon amicale reconnaissance.

Marcel PROUST

Décidément la réalité se reproduit par division comme les infusoires, aussi bien que par amalgame, le monocle de M. de Bréauté est aussi celui de Louis de Turenne.

IV. LA CRITIQUE

I. L'ACCUEIL DE LA CRITIQUE ET DES ÉCRIVAINS.

On a souvent remarqué cette ironie de l'histoire littéraire qui a voulu que le premier lecteur « professionnel » de *Du côté de chez Swann* se nommât Jacques Madeleine. C'était, en vérité, le pseudonyme de Jacques Normand (1848-1931). Nous extrayons, du rapport de lecture qu'il rédigea en 1912 pour les éditions Fasquelle et qui fut publié en 1966 par Henri Bonnet, ce qui concerne « Un amour de Swann ».

Cette histoire, qui occupe deux cents pages, relate des faits déjà vieux d'une quinzaine d'années, qui ont été racontés jadis au petit garçon et dont maintenant l'homme fait se souvient jusqu'à un détail invraisemblable.

(*Le Figaro littéraire*, 8 décembre 1966, p. 15.)

M. et Mme Verdurin ont un salon dont les principaux ornements sont le docteur Cottard et sa femme, un petit pianiste et sa tante, un peintre, plus quelques autres fantoches. Ils reçoivent une femme de mauvaises mœurs, Odette de Crécy, qui leur amène Swann, déjà vieux monsieur. Swann est épris d'Odette, qui ne demande qu'à se faire entretenir par lui et arrive à ses fins sans que Swann, tout en lui donnant de trois à dix mille francs par an, réalise en son esprit la notion qu'en effet il l'entretient. Il en arrive cependant à une autre notion, celle qu'il est trompé outrageusement. Il est même tout à fait délaissé, sans cesser ses versements.

À la fin, lorsque toutes ces évidences se sont imposées à lui et qu'il s'est en outre aperçu qu'Odette de Crécy ne lui plaisait pas et « n'était pas son genre », il la quitte.

On croit du moins qu'il la quitte. Mais il paraît qu'il n'en fut rien. Car dans les souvenirs d'enfance de la première partie nous avons vu Swann depuis longtemps marié avec Odette de Crécy et en ayant une petite fille nommée Gilberte.

Cette histoire ici semble relativement simple. Mais dans le manuscrit, elle est entrecoupée d'autant d'autres incidents étrangers, brouillés d'autant d'autres enchevêtrements inconcevables que ce que l'on a vu dans la première partie.

On trouve là-dedans cette phrase (p. 302) :

« ... Au régiment... j'avais un camarade que justement monsieur me rappelait un peu. À propos de n'importe quoi, je ne sais que vous dire, sur ce verre, par exemple, il pouvait dégoiser pendant des heures, non, pas à propos de ce verre, ce que je dis est stupide, mais à propos de la bataille de Waterloo, de tout ce que vous voudrez et il vous envoyait chemin faisant des choses auxquelles vous n'auriez jamais pensé. »

L'auteur ne craint-il pas que l'on ne lui fasse l'application ?

On en serait tenté ! Pendant des heures... à propos de ce verre, ou de la bataille de Waterloo... il vous envoie chemin faisant des choses auxquelles on n'aurait jamais pensé... c'est-à-dire des choses qui, cela est très juste, ne sont pas quelconques, sont nouvelles, fines, pleines d'observation et de pénétration, mais qui vous sont envoyées pendant des heures et chemin faisant, c'est-à-dire sans que l'on voie jamais où ce chemin conduit.

En outre cette phrase se trouve être un échantillon de toutes les autres phrases. Elle a tout l'embrouillement, tout l'enchevêtrement que l'on remarque déjà rien que dans la lettre jointe au manuscrit, et qui fait que la lecture n'est pas soutenable au-delà de cinq ou six pages.

Et c'est un continuel vagabondage du « dégoise-ment ». Swann va, une fois par hasard, « dans le monde ». Et cela dure trente pages (p. 369 à 401). Et il y a trois pages sur les larbins qui font la haie dans l'escalier et qui évoquent « les prédelles de San Zeno et les fresques des Eremitani »,... Albert Dürer,... l'Escalier des Géants du Palais Ducal,... Benvenuto Cellini,... les vigies des tours de donjon ou de cathédrale,... etc., etc. Autant, ensuite, sur chaque invité... Et c'est intarissable, et cela devient de la folie.

Il y a comme cela des préparations pénibles au début des romans de Balzac. Mais, une fois les personnages posés, c'est fini. Les personnages agissent. Et ils sont des personnages.

Ici, point du tout.

Proust finit par trouver un éditeur moins perplexe. Voici en quels termes Grasset présentait « Un amour de Swann » dans une notice publicitaire pour *Du côté de chez Swann*.

La musique seule nous semblait jusqu'ici apte à suggérer de façon si subtile les émotions dans leur naturel écoulement. Aussi bien l'aventure de Swann qui aime Odette de Crécy et dont l'amour se change en une passion inquiète, ombrageuse et maladive, accompagnée de tous les mouvements de la jalousie la plus atroce, nous émeut comme un chant angoissé qui livre tout le dedans des âmes. Toute une vie se déroule dans son détail innombrable et précis qui étreint, déroute et bouleverse.

Jacques Madeleine, cependant, était en avance sur son temps. Il écrivait, dès 1912, ce que la plupart des critiques déclareraient en 1913, après la parution du livre. Paul Souday, dont la chronique du quotidien *Le Temps* **était l'oracle littéraire de cette époque, louait la sensibilité, l'imagination, le sens de l'observation de Proust, mais il émettait de**

sérieuses réserves sur la composition du roman, sur son style. À propos d'« Un amour de Swann », il écrivait :

Mais après deux cents pages consacrées à ces souvenirs et aux anecdotes sur le grand-père, la grand-mère, les grand-tantes et les servantes, nous nous engageons décidément un peu trop « du côté de chez Swann » ; un énorme épisode, occupant la bonne moitié du volume et rempli non plus d'impressions d'enfance, mais de faits que l'enfant ignorait en majeure partie et qui ont dû être reconstitués plus tard, nous expose minutieusement l'amour de ce M. Swann, fils d'agent de change, riche et très mondain, ami du comte de Paris et du prince de Galles, pour une femme galante dont il ne connaît pas le passé et qu'il croit longtemps vertueuse, avec une naïveté invraisemblable chez un Parisien de cette envergure. Elle le trompe, le torture, et finalement se fera épouser. Ce n'est pas positivement ennuyeux, mais un peu banal, malgré un certain abus de crudités, et malgré l'idée qu'a Swann de comparer cette maîtresse à la Séphora de Botticelli qui est à la chapelle Sixtine. Et que d'épisodes dans cet épisode ! Quelle foule de comparses, mondains de toutes sortes et bohèmes ridicules, dont les sottises sont étalées avec une minutie et une prolixité excessives !

(*Le Temps,* 10 décembre 1913, repris dans Paul Souday, *Marcel Proust,* Kra, 1927, p. 7-16.)

Autre plume redoutée, Rachilde tient la chronique des romans dans *Le Mercure de France*. Le 16 janvier 1914, elle fait savoir à ses lecteurs qu'elle a trouvé *Du côté de chez Swann* un peu soporifique.

Les amours d'Odette de Crécy avec le sensible Swann sont comme la fameuse tapisserie qu'on dénouait point par point après y avoir travaillé le jour. Avec cette différence que dans ses amours

Odette arrangeait la nuit ce qu'elle avait dérangé le jour. Cet homme de goût aristocratique très fin, très intelligent, qui se condamne à une existence idiote chez des bourgeois entremetteurs pour demeurer dans l'atmosphère d'une créature entretenue par lui et par d'autres, devient l'égal d'un imbécile.

André Chaumeix, dans *Le Journal des Débats* du 25 janvier 1914, est plus perspicace – et plus louangeur –, car prêt à se laisser surprendre. Il voit bien le dessein de Proust, qui est de rechercher, non pas le temps gaspillé, mais le temps passé.

Même quand l'auteur raconte l'histoire de Swann, on a le sentiment qu'il parle encore de lui-même. [...] M. Marcel Proust a fait en cinquante pages une analyse de la jalousie qui est remarquable par sa précision, sa diversité, son acuité. Et il nous a laissé la plus émouvante image d'un homme assez fort pour n'être dupe de rien et trop faible pour se détacher d'une femme qui le retient par tout le mystère qu'elle enferme, par l'aspect de la vie qu'elle lui révèle, par l'inconnu, par le besoin qu'elle a créé, sans s'en douter, d'être initié à des manières de voir, de raisonner, de sentir, auxquelles il ne parviendrait pas tout seul, dont il pourrait se passer, et auxquelles il ne peut pas renoncer.

C'est à Henri Ghéon que revint de présenter *Du côté de chez Swann* dans la *Nouvelle Revue française* du 1er janvier 1914. La *NRF* avait refusé de publier ce roman ; on comprend que Proust ait pris connaissance de son jugement avec un intérêt particulier.

En vain chercherons-nous à relier ensemble les premiers rêves d'un enfant et cette aventure de M. Swann avec Odette de Crécy que M. Proust ne dut sans doute apprendre que longtemps après son enfance, mais qu'il intercale dans le récit sans raison palpable entre ses promenades d'été à Combray et ses jeux aux Champs-Élysées. Celui qui parle a tantôt sept ans, tantôt quinze ans et tantôt trente. Il mêle les événements et les âges. Sa logique n'est pas la nôtre, non !

Proust répondra à Ghéon en citant une lettre qu'il a reçue de Francis Jammes :

Vous verrez que M. Francis Jammes dit exactement le contraire de ce que vous dites, et précisément sur les mêmes points. [...] Voici un passage de la lettre de M. Francis Jammes : « Cette prodigieuse fresque toute fourmillante, qui s'accuse de plus en plus, cet inattendu des caractères, si *logique* dans son apparent illogisme, cette *phrase* à la Tacite, savante, subtile, équilibrée, voilà ce génie qui se dessine en teintes maîtresses. L'abîme des cœurs. Vous y fraternisez avec les plus grands, avec Shakespeare, Cervantes, La Bruyère, Molière, Balzac, Paul de Kocq. Voici Marcel Proust que je viens de rendre hommage à ce qui est en vous bien plus que du talent [...]. Que vous nous fassiez pénétrer avec une incroyable vérité dans la mordante jalousie de Swann etc. etc. etc., j'y reconnais la griffe d'un maître. Qui donc a poussé l'analyse jusque-là ? En France personne. »

(*Corr.*, t. XIII, lettre de Proust à Ghéon, 2 janvier 1914, p. 26.)

En dehors des amis de Proust, Jean Cocteau, Lucien Daudet, Maurice Rostand et Jacques-Émile Blanche, qui étaient prévenus et parlèrent de son livre en termes chaleureux, on ne compte, dans ce dossier, qu'un seul critique vraiment clairvoyant. C'est un Italien, Lucio D'Ambra, qui, le 10 décembre 1913, consacre un article élogieux à *Du côté de chez Swann* dans la *Rassegna Contemporanea*. Souvenez-vous de ce nom et de ce titre, écrit-il : Marcel

Proust et *Du côté de chez Swann*. Dans cinquante ans, nos petits-enfants retrouveront sans doute l'un et l'autre aux côtés de Stendhal, du *Rouge et le Noir* et de *La Chartreuse*. **Et il évoque en une phrase l'histoire d'amour désolée dont Charles Swann est le martyr et le héros. (Costanza Pasquali, *Proust, Primoli, la moda*, Rome, Edizioni di storia e letteratura, 1961, p. 57-62.)**

Quelques admirateurs se découvrent donc, mais même ceux-ci seront longtemps désarçonnés par la nouveauté de Proust et ne sauront parler de son œuvre qu'en employant la paraphrase, ou un langage extatique et impressionniste qui dénote l'admiration mais n'en donne guère les raisons. Les exemples de cette critique « sympathique » sont nombreux. Ainsi, à l'occasion de la réimpression de *Swann* en 1919, Jean Giraudoux donne à la revue *Feuillets d'art* un curieux texte intitulé « Du côté de chez Marcel Proust », dont l'intéressé dira : L'article m'a fait rire aux larmes **et** C'était ravissant, bourré d'esprit, et cela m'a déçu à un point (*Corr.*, t. XVIII, p. 423 et 427). Parlant du roman qu'il désirerait lire, Giraudoux dresse le portrait-robot de la *Recherche du temps perdu*. L'extrait que nous citons est une véritable recréation d'« Un amour de Swann ».

Mais surtout ne voudriez-vous pas qu'il [le roman] parlât d'hommes riches et de femmes ? D'hommes bons, sages, inquiets, – et des femmes ? D'hommes qui ont des villas, qui sont amis du prince de Galles, qui pour penser ferment à demi les yeux, qui errent le long des quais, reviennent comme s'ils cherchaient un gué – et des femmes ? D'hommes qui souffrent de mille souffrances heureusement portées, grâce à leur égoïsme, par mille souffrances, les mêmes mais plus petites, – et des femmes ? D'un homme que la vie a orné, qui soudain vers cinquante ans devient distrait, généreux, triste... – et d'une femme ? D'un homme

(Jean Giraudoux, *Feuillets d'art*, n° 1, juin 1919.)

nommé Swann qui vers cinquante ans étreint des bras les appuis des fauteuils, trépigne de ses pieds impatients, sourit nerveusement en parlant à une vieille hôtesse, prend toutes les poses, la même que prend Prométhée, assis, – et d'une femme nommée Odette ; de Swann rêvant d'Odette aux joues pâles, avec des petits points rouges, aux traits tirés, qui la regarde avec des yeux pleins de tendresse, prêts à se détacher comme des larmes pour tomber sur lui, qui part, dont il a envie de crever les yeux, d'écraser les joues sans fraîcheur ; – et d'Odette ;... de Swann, refusant à Odette l'argent pour partir à Bayreuth avec un Forcheville, se refusant de la voir quinze jours ; de l'idée d'Odette revenant soudain irrésistiblement, embellie par l'ignorance où était Swann de ce qu'Odette avait pu penser, faire peut-être, en voyant qu'il ne lui avait pas donné signe de vie, si bien que ce qu'il allait trouver, c'était la révélation passion-nante d'une Odette presque inconnue ;... et d'Odette ? De Swann, qui trouve Odette à peine jolie, qui se rappelle le peu de goût, presque le dégoût que lui avaient inspiré, avant qu'il l'aimât, ses traits inexpressifs, son teint sans fraîcheur, qui, quand du regard il rencontre sur sa table la photographie d'Odette ou quand elle vient le voir, a peine à identifier la figure de chair ou de bristol avec le trouble douloureux et constant qui habite en lui, se dit avec étonnement : « C'est elle », comme si tout d'un coup son nom montrait, extériorisée devant nous, une de nos maladies et que nous ne la trouvions pas ressemblante à ce que nous souffrons... et d'Odette ? Et d'Odette menteuse, vicieuse et calme ; et d'Odette se liguant avec tous les sourires vulgaires, les phrases toutes faites, les gestes bas. Et d'Odette revêtant un corps sans grand prix de tout ce qui est la dépouille et les habitudes des siècles, de bas, de bracelets, de douceur sans objet, d'un chapeau de velours bleu... d'Odette connue de tous, commune à tous, secrète à Swann ;... et de Swann !

Il faudra attendre que la *NRF* révise sa position pour que des jugements plus sereins paraissent. Jacques Rivière sera le premier à appliquer à *Du côté de chez Swann* une analyse méthodique. Certes, il ne goûte pas plus que ses prédécesseurs cette deuxième partie, la plus longue, où Proust raconte dans un détail souvent fatigant, parfois même fastidieux, un amour de Swann. Mais il s'empresse de corriger : Je connais peu d'études aussi belles que celle de l'amour de Swann pour cette Odette de Crécy, une demi-mondaine sans esprit, sans instruction et dont la beauté même ne lui plaît d'abord pas. La naissance du sentiment en lui, les premières formes qu'il revêt, les premiers signes qu'il donne de sa présence, comme une chose qui est là tout à coup, et qui résiste, et qui a déjà ses exigences propres, sa volonté contre laquelle il n'y a déjà plus rien à faire, sont exprimés avec une force et surtout une patience au détail presque affolantes. [...] Je n'ai peut-être jamais mieux que dans ce livre senti peser sur une tête le ciel sombre et magnifique de l'amour. Je n'ai jamais vu quelqu'un dont le temps de prison aux mains d'une femme ait été plus longuement, plus minutieusement, avec plus de troublante exactitude raconté. (Jacques Rivière, « L'évolution du roman après le symbolisme », 27 mars 1918, dans *Quelques progrès dans l'étude du cœur humain*, Gallimard, 1985, p. 40-41). Les quelques réserves de Rivière vont s'effacer par la suite. En décembre 1919, il s'émerveille devant ce petit roman intérieur, qui est à lui seul un chef-d'œuvre (*ibid.*, p. 61), et, dans le numéro d'hommage que la *NRF* consacre à Proust en janvier 1923 et dont Rivière sera le maître d'œuvre, chacun loue « Un amour de Swann ». René Boylesve avoue son admiration sans restriction pour le génial progrès de l'amour de Swann, un des plus beaux romans de passion que la littérature ait produits **(p. 112-113) ; Jacques de Lacretelle livre quelques-unes des « clefs » du récit (voir p. 142-144) ; Emma Cabire étudie la** conception subjectiviste de l'amour **chez Proust. Ce numéro de la NRF marque le début des études proustiennes.**

Après cela, la fortune critique d'« Un amour de Swann » connaîtra des hauts et des bas, mais elle sera considérable. Relevons deux dernières interventions, représentatives des jugements qui seront portés tout au long du siècle.

Dans la longue étude qu'il consacre à Proust (l'une des premières du genre), Ramon Fernandez a de bonnes intuitions, mais ses développements sur Swann ou sur les Verdurin ne s'écartent guère non plus de la paraphrase.

Proust intercale, entre ses souvenirs personnels, *Un amour de Swann*, qui, par son titre comme par sa composition, pourrait prendre place à côté d'*Adolphe* parmi les fameuses monographies de la passion. Ce n'est point là seulement une coquetterie, comme d'un dramaturge romantique qui eût glissé dans son drame un acte racinien afin de prouver ce dont il eût, s'il l'avait voulu, été capable. La fonction d'animal-témoin que Swann assume dans le *Temps perdu* lui faisait pour ainsi dire un devoir de nous présenter le lavis du mécanisme amoureux. Et par un art très habile et très sûr (et propre à faire réfléchir ceux qui s'obstinent à « chercher » la composition dans l'œuvre de Proust), le trouble social que l'amour détermine chez Swann offre l'occasion de peindre le « clan » des Verdurin, c'est-à-dire un groupe bourgeois à mi-chemin entre les milieux mondains élégants et les milieux intellectuels. Par ces avances qu'il prend sur son propre fonds, Proust non seulement amorce la suite de son

(*Proust*, Éditions de la Nouvelle Revue Critique, 1943, p. 59-60, repris dans Ramon Fernandez, *Proust ou la généalogie du roman moderne*, Grasset, 1979.)

œuvre, mais il établit les correspondances entre ses parties.

Deux ans plus tard, dans le premier numéro des *Temps modernes* et dans d'autres circonstances historiques, Jean-Paul Sartre émettra un jugement, aujourd'hui stupéfiant, que l'on présentera comme la dernière curiosité de ce florilège.

Pédéraste, Proust a cru pouvoir s'aider de son expérience homosexuelle lorsqu'il a voulu dépeindre l'amour de Swann pour Odette ; bourgeois, il présente ce sentiment d'un bourgeois riche et oisif pour une femme entretenue comme le prototype de l'amour : c'est donc qu'il croit à l'existence de passions universelles dont le mécanisme ne varie pas sensiblement quand on modifie les caractères sexuels, la condition sociale, la nation ou l'époque des individus qui les ressentent. Après avoir ainsi « isolé » ces affections immuables, il pourra entreprendre de les réduire, à leur tour, à des particules élémentaires. Fidèle aux postulats de l'esprit d'analyse, il n'imagine même pas qu'il puisse y avoir une dialectique des sentiments, mais seulement un mécanisme. Ainsi l'atomisme social, position de repli de la bourgeoisie contemporaine, entraîne l'atomisme psychologique. Proust s'est *choisi bourgeois*, il s'est fait le complice de la propagande bourgeoise, puisque son œuvre contribue à répandre le mythe de la nature humaine.

(Jean-Paul Sartre, *Situations II*, Gallimard, 1948, p. 20.)

II. LA CRITIQUE CONTEMPORAINE ET « UN AMOUR DE SWANN ».

Depuis le centenaire de Proust, en 1971, la critique semble s'être éloignée des grandes synthèses pour se consacrer à l'étude de détails emblématiques. Rares sont les *introductions* à la *Recherche*. Certes, Maurice Bardèche, le premier – et pour l'instant le

seul –, a publié une très riche « biographie de l'œuvre », en deux volumes, qui se fonde sur l'examen des esquisses. Mais son essai est trop souvent inspiré par une vision politique partisane (Proust serait un écrivain proche de l'Action française) et les meilleurs développements sont gâchés par un ton qui est celui de l'inquisiteur, de l'aliéniste, non celui du critique :

La conclusion qu'on peut tirer d'*Un amour de Swann* n'est-elle pas que la combinaison de l'Imagination et de l'habitude, d'une imagination impérieuse et d'une habitude dont la privation entraîne l'hystérie, est plus forte que les sens, et même qu'elle *remplace les sens* ? Ce Swann si peu amant, chez qui la jalousie charnelle compte si peu en comparaison de l'inquiétude, pour qui la possession elle-même compte si peu, paraît un attribut superfétatoire de l'amour, ce qu'il nous apporte c'est à la fois une révélation sur l'amour qui n'est pas ce que nous croyons, ni surtout ce que nous lisons dans les livres, mais aussi c'est la description d'un amour insolite, presque morbide par sa désincarnation étrange aussi bien que par ses excès, un amour dans lequel la propriété importe plus que la possession.

(Maurice Bardèche *Marcel Proust romancier*, Les Sept Couleurs, 1971 t. I, p. 289.)

Bardèche conclut : Il est douteux que Proust ait aperçu ce que sa conception de l'amour avait de suspect. **Il explique cependant que** Proust a introduit *Un amour de Swann* dans son livre pour pouvoir donner, dès son premier contact avec le public, un échantillon de son analyse de ce qu'il appelle fort bien la « chimie des sentiments ». Cette « exhibition » lui permettait d'affirmer l'originalité et la profondeur de ses réflexions, et d'annoncer par un exemple concis, mais complet, une partie de ce qu'on pouvait s'attendre à trouver dans les volumes suivants.

(*Ibid.*, p. 274.)

À Jean-Yves Tadié, on doit les ouvrages les mieux informés et les plus accessibles : *Proust et le roman* (Gallimard, 1971) est une étude globale de l'art et des formes de la *Recherche* ; *Proust* (Belfond, 1982) est la plus complète introduction à l'œuvre. Soucieux de montrer l'unité de l'œuvre, Jean-Yves Tadié étudie les liens existant entre « Un amour de Swann » et le reste du roman, notamment « Combray ». Mais ce ne sont pas seulement les personnages et les situations qui y sont identiques :

Les thèmes unissent de la même façon ces deux sections : l'angoisse amoureuse et l'attente de la nuit, l'art, le monde et les Guermantes, l'homo-sexualité. Les lieux encore ; Paris où se passe « Un amour » entrevu de Combray, mais surtout « Un amour de Swann » réintègre « Combray », lorsque Swann retourne dans ce bourg à la fin de l'épisode, et prépare la fusion des deux « côtés ». Le temps enfin : « Un amour de Swann » marque le commencement temporel du roman, « Combray » en est le commencement absolu ; le second est l'origine du récit, le premier de l'histoire : il n'y a, dans le temps, rien d'antérieur à « Pour faire partie du petit noyau »...

Proust a pris, nous le savons, toutes sortes de précautions pour justifier la présence d'« Un amour de Swann ». Mais les liens invisibles avec le reste de l'œuvre sont beaucoup plus forts que les visibles, parce que les allusions, les rappels, les anti-cipations, les ressemblances font plus pour enchaîner ce récit à l'ensemble du roman que toutes les précautions matérielles. Cette section, contrairement à ce que l'on a affirmé, ne peut donc aucunement être séparée de l'œuvre, ni lue, ni publiée à part.

(Jean-Yves Tadié, *Proust et le roman*, Gallimard, 1971, p. 266.)

La plupart des critiques, cependant, ont préféré le défrichement d'un domaine particulier dans lequel

Eugène Lami,
*Revue de Napoléon III,
prince président,* détail.
Musée Carnavalet, Paris.
Ph. © Bulloz.
« Il devait la revoir
une fois encore,
quelques semaines plus
tard. Ce fut en dormant,
dans le crépuscule d'un
rêve. Il se promenait
avec Mme Verdurin,
le docteur Cottard,
un jeune homme en fez
qu'il ne pouvait
identifier, le peintre,
Odette, Napoléon III
et mon grand-père... »

ils excellent. On trouve ainsi des spécialistes du style, de la genèse, de la psychanalyse, de la philosophie du XIXᵉ siècle, du marxisme (celui-ci n'écrit plus guère), de la psychologie, de la narratologie, et, désormais, de l'accueil critique d'« Un amour de Swann ».

Ces diverses méthodes d'investigation aiment à s'affronter aux mêmes textes, et la fortune de certaines scènes d'« Un amour de Swann » a ainsi été assurée. Les résultats obtenus sont cependant, la plupart du temps, passionnants. On considère, en général, deux moments essentiels : d'une part, la « petite phrase » ; d'autre part, le rêve de Swann et la dernière phrase du récit.

En 1964, Gilles Deleuze avait fait le portrait d'un **Proust platonicien :** Proust est platonicien, mais non pas vaguement, parce qu'il invoque les essences ou les Idées à propos de la petite phrase de Vinteuil. [...] C'est la faiblesse de Swann d'en rester aux simples associations, prisonnier de ses états d'âme, associant la petite phrase de Vinteuil à l'amour qu'il a eu pour Odette, ou bien aux feuillages du Bois où il l'a entendue. Les associations subjectives, individuelles, ne sont là que pour être dépassées vers l'Essence ; même Swann pressent que la jouissance de l'art, « au lieu d'être purement individuelle comme celle de l'amour », renvoie à une « réalité supérieure ».

(Gilles Deleuze, *Proust et les signes*, P.U.F., 1974, p. 122 et 133.)

Jean-Pierre Richard, appliquant les méthodes de la critique thématique à la *Recherche*, parvient, en utilisant un vocabulaire approchant, à des conclusions sensiblement différentes :

Voilà bien en effet un objet d'une certaine manière exemplaire puisque, déjà herméneutique en son intention (indicateur d'une certaine essence secrète de l'amour : « la douceur rétractée et fragile »), il se donne aussi, de par la façon même dont il se manifeste, comme un chiffre, une active

(Jean-Pierre Richard, *Proust et le monde sensible*, Seuil, 1974, p. 139.)

figuration de la naissance, et de la naissance du sens. La petite phrase existe d'abord pour Swann comme un sens apparaissant : ou plutôt elle est l'événement même de ce paraître. Toute sa mythologie, et sa fantasmatique, la relient à l'énigme d'une venue : elle est ce qui vient, ce qui advient, avant de se donner fugitivement, puis de se perdre. Le plus important en elle relève donc d'une rêverie de l'émergence, entendons émergence à partir d'elle-même : puisque la production de sens qu'elle effectue ne se sépare pas du fait de sa propre genèse, ou de son auto engendrement.

Jean Milly, de son côté, a étudié le style de Proust en analysant les textes relatifs à la musique de Vinteuil. Il considère que Proust a été, plus ou moins inconsciemment, attiré, toutes les fois qu'il a parlé de la musique de Vinteuil, par le mot de *phrase*, plutôt que par *motif* (réservé surtout à Wagner) ou *thème*, par exemple, [...] parce qu'il est commun à l'écriture et à la musique, et que les analyses portant sur l'art de Vinteuil, si peu techniques en définitive, sont plutôt pour Proust un moyen indirect d'étudier les problèmes de musicalité et de composition (autre mot ambivalent) littéraires (*La Phrase de Proust*, **Champion, 1983, p. 66). Ainsi, la** musique de Vinteuil est un modèle symbolique de l'œuvre littéraire proustienne (*ibid.*, p. 67).

Dans ce concert ont retenti, de plus en plus nombreuses, les voix des francs-tireurs, qui, comme Giraudoux naguère, trouvent dans la *Recherche* un aliment à leur écriture personnelle. Cette conception de la critique était celle de Proust. Henri Raczymow, dans son esquisse biographique de Charles Haas, prouve qu'on peut concilier l'étude d'un texte et la création d'un autre texte. Voici ce qu'il appelle « Le dit de la sonate : notes pour un ouvrage savant qu'on se réserve de n'écrire jamais » :

(Henri Raczymow, *Le Cygne de Proust*, Gallimard, 1989, p. 101-102.)

1. Apparition inattendue de la sonate à la soirée de Mme de Saint-Euverte. Elle parle, la sonate. Elle dit l'amour passé de Swann. Et, de son amour présent, l'état dégradé. C'est cette différence qui fait naître la parole. (Les linguistes ne disent pas autre chose : dans le langage, toute signification naît d'une différence.) Pourtant, cette différence, pour Swann, se voit aussitôt annulée. Jadis, de son bonheur, la petite phrase disait : tout cela n'est rien. Aujourd'hui, de sa souffrance, la petite phrase dit : tout cela n'est rien. Quelle différence ? Être heureux, souffrir... Il n'y a que la différence entre deux états identiques dans leur commune insignifiance. Ce que dit la sonate, c'est, dans le même temps, la différence, source de la souffrance, et l'illusion, la vanité de cette souffrance. Aimer, souffrir... Cela seul qui n'est pas vain, ce n'est pas le dit de la sonate, mais que la sonate le dise.

2. Swann n'est pas Vinteuil. Proust le sait. Mais pas Swann. Swann se borne à imaginer chez Vinteuil une souffrance aussi grande, sinon plus, que la sienne. Pour concevoir une musique si chargée de souffrance, n'est-ce pas, il faut bien que le compositeur ait énormément souffert. Or, et c'est toute la façon de Proust, Swann ne se trompe pas : Vinteuil a en effet souffert (à cause de sa fille aussi aimée que dévoyée). Mais Swann, justement, l'ignore. En égalisant leur supposée commune souffrance, Swann se hausse au rang d'un grand créateur. Il s'imagine être Vinteuil. Il croit que souffrir y suffit.

3. Vinteuil, son art le sauve. Et Swann, par identification, l'art de Vinteuil le sauve en retour. Swann ne voit pas que seul Vinteuil est sauvé. Non d'avoir souffert – car souffrir n'est gage de rien, c'est aussi une illusion, comme d'aimer, faire l'amour, avoir un ami, etc. – mais d'avoir composé. Swann, il est vrai, est sauvé par Proust.

Je veux dire Haas. Proust veut dire Haas. Et seulement Haas. Seul Haas est sauvé. En devenant Swann.

Le rêve de Swann a, on s'en doute, suscité l'attention des psychanalystes et des philosophes : à la fin du récit, il semble inviter le lecteur aux plaisirs de l'interprétation. Jean Bellemin-Noël en propose deux commentaires : le premier ignore Freud mais retrouve les contenus « manifeste » et « latent » dans tout le désir incertain de l'amoureux trahi qui se donne ici carrière en des images que le contexte justifie ou explique ; le second est de stricte obédience psychanalytique et voit dans les figures d'Odette/Mme Verdurin, de Forcheville et de Swann des équivalents des personnages typiques du « scénario familial », la mère, le père, l'enfant. Dans les deux cas, c'est dans ce texte que sur un mode explicite le jeu de l'inconscient parle le plus haut. [...] Swann a ainsi retrouvé l'Odette du début, telle qu'il la voyait chez les Verdurin ou dans son salon, associée à l'image de la fille de Jéthro, et c'est ici, en apparence, l'envers – *réaliste* – de cette métaphorisation des premiers temps ; lui-même, comme le Narrateur, sait que redécouvrir la douceur des commencements est un signe que la fin est proche, que la boucle est bouclée ; et d'épouser Odette, ou d'écrire *Combray*.

(Jean Bellemin-Noël, *Vers l'inconscient du texte,* P.U.F., 1979.)

La conclusion d'« Un amour de Swann » n'est pas moins significative : elle est la marque d'une érotique tragique, comme le montre Antoine Compagnon, pour qui le dégoût, la haine définissent l'amour chez Proust. [...] L'amour de Swann à lui seul l'illustre déjà, depuis l'aversion que celui-ci éprouve d'abord pour Odette, « d'un genre de beauté qui lui était indifférent, qui ne lui inspirait aucun désir, lui causait même une sorte de répulsion physique », jusqu'au constat final qui en

(Antoine Compagnon, *Proust entre deux siècles*, Seuil, 1989, p. 184.)

Jeune femme endormie près d'un bouquet d'orchidées, photographie de Robert Demachy.
© Société française de photographie.
« Dire que j'ai gâché des années de ma vie, que j'ai voulu mourir, que j'ai eu mon plus grand amour, pour une femme qui ne me plaisait pas, qui n'était pas mon genre ! »

moins les termes qu'il ne s'extasie sur ~~la~~ puissance du dégoût : « Dire que j'ai gâché des années de ma vie, que j'ai voulu mourir, que j'ai eu mon plus grand amour, pour une femme qui ne me plaisait pas, qui n'était pas mon genre ! » C'est la formule même de l'érotisme, donnant la répulsion comme fondement du désir. Exclamation dérisoire, mélange de regret et d'étonnement, plus la satisfaction d'avoir quand même vécu ça, elle pourrait être proférée par presque tous les héros de Racine au dénouement de la tragédie, s'ils y survivaient.

L'aspect le plus original du rêve de Swann est sans doute la fonction qu'il remplit dans l'œuvre. Anne Henry, dans un essai, magistral et original, qui en laissa plus d'un sceptique, fait de Proust un disciple de Schopenhauer, Pater, Schilling, Séailles, Tarde, etc., autant d'auteurs qu'il n'avait peut-être pas vraiment lus. Elle y affirme que Proust ravive le rôle dramatique traditionnellement dévolu au songe, une anticipation prophétique sur quelque dénouement. [...]

(Anne Henry, *Marcel Proust, Théories pour une esthétique*, Méridiens-Klincksieck, 1981, p. 339.)

Sans cesse absorbé dans le menu malheur quotidien, esclave d'une dispersion que sa jalousie alimente sans cesse, Swann, faute de se représenter clairement sa situation, ne pouvait prendre la décision salvatrice d'une rupture. Le rêve qui mime la totalité de son histoire dans une mise en scène transparente, avec de grossières images, accomplit la même synthèse que la musique dans son langage supérieur. Solution schopenhauérienne (et ce sera aussi celle de Freud dont la réflexion s'alimente à la même origine) en ce sens que l'instinct plus fort que l'individu vole au secours de l'espèce, déchire le voile qui empêchait Swann de lire dans son cas, de reconnaître combien chaque parcelle de lui-même est persuadée qu'Odette le trompe et ne l'aime plus. Ce n'est plus un message mystique comme dans Tolstoï (où il était d'ailleurs destiné à faire accepter la mort [1]) mais sur un plan plus humble, plus organique, l'expression d'une délivrance téléologique.

1. Allusion au cauchemar du prince André (*Guerre et Paix*).

V. BIBLIOGRAPHIE

Cette bibliographie se contente de signaler les quelques éditions, les quelques études, les quelques ouvrages de référence indispensables, auxquels on ajoutera les livres cités dans le présent dossier. Pour une information plus complète, on se reportera au livre de Jean-Yves Tadié, *Proust* (Belfond, 1982) ou à la « Note bibliographique » publiée dans le tome IV, p. 1501-1512, de la nouvelle édition de la Pléiade d'*À la recherche du temps perdu*.

I. UN AMOUR DE SWANN.

I.1. *Éditions.*

« Folio », 1990. Reprend le texte de la première Pléiade, dû à Pierre Clarac et André Ferré (1954).

Avec des illustrations d'André Brasilier, Imprimerie nationale, 1987. Texte présenté par Michel Raimond. Une belle introduction, des notes et un important chapitre sur l'histoire du texte.

I.2. *Adaptations d'« Un amour de Swann ».*

Un amour de Swann, « mise en ondes » radiophonique. Production : Patrice Galbeau. Adaptation : Patrick Liegibel. Réalisation : Jacques Taroni. Avec Fanny Ardant (Odette), Edwige Feuillère (Mme Verdurin), Samy Frey (le Narrateur), François Perier (Swann). Diffusion : France Inter, juin 1982. (Cassettes Radio France, K 1096 AD 035.)

Un amour de Swann, film de Volker Schlöndorff, 1984. Coproduction franco-allemande (Gaumont, FR3, SFPC, Nicole Stéphane, ministère de la Culture (Paris), Bioskop Film, Eberhard Junkersdorf). Scénario : Peter Brook, Jean-Claude Carrière, Marie-Hélène Estienne. Avec Ornella Muti (Odette), Jeremy Irons

(Swann), Alain Delon (Charlus), Marie-Christine Barrault (Mme Verdurin), Fanny Ardant (Mme de Guermantes).

Le découpage intégral et le texte du dialogue de ce film ont été publiés, accompagnés d'études et d'entretiens, dans *L'Avant-scène cinéma*, nº 321-322, février 1984.

II. ŒUVRES DE MARCEL PROUST.

A la recherche du temps perdu, édition publiée sous la direction de Jean-Yves Tadié, Gallimard, « Bibliothèque de la Pléiade », 1987-1989, 4 volumes. « Un amour de Swann » figure dans le premier volume. Le texte est présenté par Brian Rogers et Jean-Yves Tadié, établi et annoté par Brian Rogers. Par la richesse de ses introductions et de son annotation, par ses nombreuses esquisses inédites, par son appareil de variantes, cette édition est la plus complète de toutes celles publiées à ce jour.

Du côté de chez Swann, édition présentée et annotée par Antoine Compagnon, « Folio », 1988. Reprend le texte établi pour la nouvelle Pléiade. On se reportera aux notes de ce volume pour tous les éclaircissements souhaités sur les allusions, les citations, les références de Proust dans « Un amour de Swann ».

Contre Sainte-Beuve précédé de *Pastiches et mélanges* et suivi de *Essais et articles*, édition établie par Pierre Clarac avec la collaboration d'Yves Sandre, Gallimard, « Bibliothèque de la Pléiade », 1971.

Jean Santeuil précédé de *Les Plaisirs et les Jours*, édition établie par Pierre Clarac avec la collaboration d'Yves Sandre, Gallimard, « Bibliothèque de la Pléiade », 1971.

L'Indifférent, nouvelle, préface de Philip Kolb, Gallimard, 1978.

Correspondance, édition de Philip Kolb, Plon, 1970-1990, 18 volumes parus, couvrant les années 1880 à 1919.

III. BIOGRAPHIES DE MARCEL PROUST.

Une biographie, prenant en compte toutes les récentes découvertes dues à la publication de la Correspondance par Philip Kolb et à celle des esquisses de l'œuvre par la Pléiade, fait défaut. Ce manque devrait être bientôt comblé par la publication de plusieurs biographies, dont celle, annoncée chez Gallimard, de Jean-Yves Tadié. En attendant, on se contentera de mentionner deux livres.

Painter (George D.), *Marcel Proust*, Mercure de France, 1966, 2 volumes. La biographie de référence, bien qu'entachée d'innombrables défauts : l'œuvre et la vie de Proust y sont trop souvent confondues.

Rey (Pierre-Louis), *Marcel Proust, sa vie, son œuvre*, Frédéric Birr, 1984. Une biographie succincte agrémentée d'une très intéressante iconographie.

IV. ÉTUDES GÉNÉRALES.

Conio (Gérard), *Lire Proust*, Pierre Bordas et fils, 1989. Brève introduction à l'œuvre, ce livre, destiné aux lycées, vaut surtout par ses morceaux choisis commentés, dont deux extraits d'« Un amour de Swann ».

Genette (Gérard), *Figures III*, Seuil, 1972. Étude théorique du discours narratif de Proust. L'auteur est revenu sur ce sujet dans *Nouveau discours du récit*, Seuil, 1983.

Raimond (Michel), *Proust romancier*, Sedes, 1984. Excellente synthèse, ce livre est un guide à la lecture de la *Recherche*.

V. ÉTUDES SUR « UN AMOUR DE SWANN ».

Doubrovsky (Serge), « Faire catleya », suivi de Genette (Gérard), note conjointe, « Écrire *catleia* », *Poétique*, n° 37, 1980, p. 113-128.

Hachez (Willy), « La chronologie d'*À la recherche du temps perdu* et les faits historiques indiscutables », *Bulletin des Amis de Marcel Proust*, n° 35, 1985, p. 363-374.

Ottavi (André), « Swann et l'investissement iconique », *Europe*, février-mars 1971, n° 502-503, p. 56-61. Sur les manies intellectuelles de Swann, « collectionneur idolâtre ».

Saraydar (Alma C.), « Un premier état d'*Un amour de Swann* », *Bulletin d'informations proustiennes*, n° 14, 1983, p. 21-28.

Saraydar (Alma C.), *Proust disciple de Stendhal. Les avant-textes d'*Un amour de Swann *dans* Jean Santeuil, *Archives des Lettres modernes*, n° 191, 1980.

TABLE

ESSAI

III. SWANN APRÈS *SWANN*

IV. LA CRITIQUE

DU MÊME AUTEUR

Aux Éditions Gallimard

À LA RECHERCHE DU TEMPS PERDU.

    DU CÔTÉ DE CHEZ SWANN.

    À L'OMBRE DES JEUNES FILLES EN FLEURS.

    LE CÔTÉ DE GUERMANTES.

    SODOME ET GOMORRHE.

    LA PRISONNIÈRE.

    ALBERTINE DISPARUE.

    LE TEMPS RETROUVÉ.

PASTICHES ET MÉLANGES.

LES PLAISIRS ET LES JOURS.

CHRONIQUES.

MORCEAUX CHOISIS.

JEAN SANTEUIL.

CONTRE SAINTE-BEUVE *suivi de* NOUVEAUX MÉLANGES.
Préface de Bernard de Fallois.

LETTRES À REYNALDO HAHN.

TEXTES RETROUVÉS.

CORRESPONDANCE AVEC JACQUES RIVIÈRE.

LE CARNET DE 1908.

L'INDIFFÉRENT.

POÈMES.

MATINÉE CHEZ LA PRINCESSE DE GUERMANTES.

CORRESPONDANCE AVEC GASTON GALLIMARD, *1912-1922*.

Bibliothèque de la Pléiade

À LA RECHERCHE DU TEMPS PERDU.
Nouvelle édition augmentée d'inédits, établie sous la direction de Jean-Yves Tadié, 1987-1989 (4 volumes).

CONTRE SAINTE-BEUVE *précédé de* PASTICHES ET MÉLANGES
et suivi de ESSAIS ET ARTICLES.

JEAN SANTEUIL *précédé de* LES PLAISIRS ET LES JOURS. *Édition de Pierre Clarac avec la collaboration d'Yves Sandre.*

Dans la collection Folio essais

CONTRE SAINTE-BEUVE. *Préface de Bernard de Fallois, n° 63.*

Jean-Louis Backès *Crime et châtiment de Fédor Dostoïevski* (40)
Emmanuèle Baumgartner *Poésies de François Villon*
Patrick Berthier *Colomba de Prosper Mérimée* (15)
Philippe Berthier *Eugénie Grandet d'Honoré de Balzac* (14)
Philippe Berthier *La Chartreuse de Parme de Stendhal* (49)
Michel Bigot, Marie-France Savéan *La cantatrice chauve / La leçon d'Eugène Ionesco* (3)
Michel Bigot *Zazie dans le métro de Raymond Queneau* (34)
André Bleikasten *Sanctuaire de William Faulkner* (27)
Madeleine Borgomano *Le ravissement de Lol V. Stein de Marguerite Duras* (60)
Arlette Bouloumié *Vendredi ou les Limbes du Pacifique de Michel Tournier* (4)
Marc Buffat *Les mains sales de Jean-Paul Sartre* (10)
Claude Brugelin *Les mots de Jean-Paul Sartre* (35)
Mariane Bury *Une vie de Guy de Maupassant* (41)
Pierre Chartier *Les faux-monnayeurs d'André Gide* (6)
Pierre Chartier *Candide de Voltaire* (39)
Marc Dambre *La symphonie pastorale d'André Gide* (11)
Michel Décaudin *Alcools de Guillaume Apollinaire* (23)
Jacques Deguy *La nausée de Jean-Paul Sartre* (28)
Béatrice Didier *Jacques le fataliste de Denis Diderot* (69)
Carole Dornier *Manon Lescaut de l'Abbé Prévost* (66)
Pascal Durand *Poésie de Stéphane Mallarmé* (70)
Louis Forestier *Boule de suif et La Maison Tellier de Guy de Maupassant* (45)
Laurent Fourcaut *Le chant du monde de Jean Giono* (35)
Danièle Gasiglia-Laster *Paroles de Jacques Prévert* (29)
Jean-Charles Gateau *Capitale de la douleur de Paul Éluard* (33)
Jean-Charles Gateau *Le parti pris des choses de Francis Ponge* (63)
Henri Godard *Voyage au bout de la nuit de Céline* (2)
Henri Godard *Mort à crédit de Céline* (50)
Monique Gosselin *Enfance de Nathalie Sarraute* (57)
Daniel Grojnowski *A rebours de Huysmans* (53)
Jeannine Guichardet *Le père Goriot d'Honoré de Balzac* (24)
Jean-Jacques Hamm *Le Rouge et le Noir de Stendhal* (20)
Philippe Hamon *La bête humaine d'Émile Zola* (38)
Geneviève Hily-Mane *Le vieil homme et la mer d'Ernest Hemingway* (7)
Emmanuel Jacquart *Rhinocéros d'Eugène Ionesco* (44)
Caroline Jacot-Grappa *Les liaisons dangereuses de Choderlos de Laclos* (64)
Alain Juillard *Le passe-muraille de Marcel Aymé* (43)
Anne-Yvonne Julien *L'Œuvre au Noir de Marguerite Yourcenar* (26)
Thierry Laget *Un amour de Swann de Marcel Proust* (1)
Thierry Laget *Du côté de chez Swann de Marcel Proust* (21)

À PARAÎTRE

COLLECTION FOLIO

Dernières parutions

Composé et achevé d'imprimer
par l'imprimerie Maury à Malesherbes.
le 25 septembre 1998.
Dépôt légal : septembre 1998.
Numéro d'imprimeur : 98/10/66992.

ISBN 2-07-038351-2/Imprimé en France.